www.tredition.de

AF198191

Ralf Göhrig

Ralf Göhrig, Jahrgang 1967, stammt aus dem Kleinen Odenwald, östlich von Heidelberg und lebt und arbeitet seit mehr als 25 Jahren als Forstbeamter in Jestetten am Hochrhein.

Nach mehreren Kriminalromanen und einem Gedichtband, befasst sich der Autor in „Geschenk des Himmels" mit einem völlig anderen Thema, das ihn bereits seit fast drei Jahrzehnten beschäftigt.

Anhand der fiktiven Lebensgeschichte des Hans Berger aus Eberbach, eingebettet in historische Ereignisse des 20. Jahrhunderts, wird deutlich, wie wichtig es ist, sich allen Tendenzen, Menschen nach ihrer Religion, Hautfarbe oder Abstammung zu beurteilen, entgegenzustellen.

Die Geschichte nimmt den Leser mit in die Gesellschaft der Großvätergeneration mit allem was ihr Leben, Denken, Handeln und letztlich ihr Schicksal ausmachte.

Ich widme dieses Buch
meinem Großvater, Karl Göhrig,
der mir als Bub mit seinen
Erzählungen und Berichten
Einblicke aus erster Hand in das
Leben seiner Generation und die
gesellschaftlichen Verhältnisse der
damaligen Zeit gab.

Hans Berger ist einen erfundene
Person, doch steht er stellvertretend
für viele, deren Lebensgeschichte
auch heute noch
von Bedeutung ist.

Ralf Göhrig

Die Lebensgeschichte des Hans Berger

© 2017 Ralf Göhrig
Umschlag, Satz und Layout: Carla Gromann
Lektorat: Vita Funke

Verlag: tredition GmbH, Hamburg

ISBN
Paperback   978-3-7345-9286-7
Hardcover   978-3-7345-9287-4
e-Book   978-3-7345-9288-1

Printed in Germany

Inhaltsverzeichnis

1955

Die Sonne schickte sich an, hinter den dunklen Fichten zu versinken, warf dabei ihre letzten Strahlen ins enge Tal, wo ein kleiner Bach, zunächst mäandrierend, dann in zwei Kanäle gezwängt, um sich schließlich wieder zu vereinen, in einer tiefen Schlucht den schnellsten Weg zum nahen Neckar suchte. Während die Hänge bewaldet waren, ursprünglich mit Buchen und Eichen, seit einigen Jahrzehnten vorwiegend mit Nadelbäumen, hatte die Natur im Talkessel weitgehend dem menschlichen Entwicklungsstreben weichen müssen. Lediglich im nördlichen Abschnitt, wo der Bach aus dem Wald heraustrat und nicht zu wissen schien, welche Richtung er einschlagen sollte, gab es noch ein paar grüne Wiesen, die von einer Handvoll Rindern beweidet wurden. Doch der Takt im Tal wurde von Maschinen angegeben. Wo in der Mitte des 19. Jahrhunderts aus einer kleinen Mühlensiedlung ein Sägewerk entstanden war, wuchs noch vor der Jahrhundertwende eine kleine Metallwerkstatt, die bald mehr und mehr Raum einnahm und bis 1944 als „Keller-Stahl" das ganze Tal dominierte.

Am Ende des Kriegs blieb nicht mehr viel davon übrig. Die Gebäude wohl, aber die Maschinen, die noch funktionierten, wurden von den Amerikanern abgebaut. Lediglich das alte Sägewerk blieb erhalten. Und die Menschen, die das 1000-jährige Verbrechen überstanden hatten, versehrt an Geist und Körper, mussten lernen, mit ihrer Schuld zu leben und hatten doch Not zu überleben.

Hans Berger stand auf der Veranda seiner Villa und blickte über das Tal. Er konnte zufrieden sein und er war es auch. Im Juli 1945 war er, damals 74-jährig, aus seiner selbst gewählten Verbannung, seiner abermaligen Flucht vor dem Leben zurückgekehrt und hatte Verantwortung übernommen. Sich der Aufgabe gestellt, vor der er sein ganzes Leben davongelaufen war. Und innerhalb von zehn Jahren hatte er es geschafft, das Tal, die Fabrik und damit die Region und ihre Menschen erfolgreich in das neue Deutschland zu führen. Das Sägewerk verarbeitete mehr Holz denn je und in der Maschinenfabrik wurden Pflüge, Eggen, Anhänger und sonstige Geräte für den landwirtschaftlichen Bedarf gebaut. Und seit zwei Jahren stand der Name „Berger" auch für eine Unimog-Vertretung mit dazugehöriger Werkstatt.

Hans Berger hatte sich vor ein paar Jahren schon aus dem operativen Geschäft zurückgezogen und genoss es nun, nur noch in beratender Funktion tätig zu sein. Die Geschäftsführung lag jetzt bei seinem Enkel, dem 30-jährigen Karl Berger, einem Maschinenbauingenieur, und seiner um zwei Jahre jüngeren Frau Lilian, die für das Kaufmännische stand. Es war eine neue, eine junge Generation, die – zwar der Jugend beraubt, dadurch aber auch vom Faschismus geheilt – zu neuen Ufern aufgebrochen war. Ihr würde die Welt nun zu Füßen liegen. Sie würde Neues gestalten und das Alte hinter sich lassen. Hans Berger dagegen würde nun allmählich aus dem Leben scheiden. Doch nicht im Groll, in hoffnungsloser Sehnsucht mit dem Gefühl, Wasser in Händen halten zu wollen, sondern in dankbarer Zufriedenheit. Den Wein und die Zigarren noch so lange genießen, wie sie ihm schmeckten. Die Sonne, den Regen, den Wind spüren, noch die eine oder andere Reise antreten und vielleicht sogar einen Urenkel auf den Armen halten. Sein Wissen und seine Erfahrung weitergeben, wenn er gefragt wurde. Und ansonsten schweigen.

Das Leben hatte es letztlich gut gemeint mit dem aufgeweckten Buben aus dem kleinen Bauerndorf, der trotz seiner großen Begabung meist an sich selbst gescheitert war. Doch seine letzte Chance hatte er genutzt. Und so blickte er zufrieden über das Tal, auf die Fabrik, das Sägewerk und blieb am Schluss bei der kleinen Wiese mit den Rindern hängen, dort, wo der Bach in seinen natürlichen Windungen floss und sich die Forellen unter den flachen Sandsteinen versteckten.

Der Held von Sedan

Der Junge wurde schon seit seiner Geburt als etwas Besonderes angesehen. Bereits als seine Mutter mit ihm schwanger war, begutachteten die Menschen im Dorf mit großer Erwartung den zunehmend wachsenden Bauch von Marie Berger, der Witwe des „Helden von Sedan": Hauptmann Wilhelm Berger. Dessen Heldentat hatte darin bestanden, bei der Schlacht bei Beaumont von einer französischen Gewehrkugel getroffen und tödlich verwundet zu werden. Im Nordbadischen hat man dieses Ereignis aber pathetischer bewertet.

Eine Division der Großherzoglich-Badischen Armee unter Generalleutnant Gustav von Beyer bildete zusammen mit württembergischen, bayerischen und preußischen Korps die Deutsche 3. Armee. Wilhelm Berger war schon wie sein Vater und Großvater Soldat gewesen, und so war es kein Wunder, dass er mit großer Begeisterung in den Krieg gegen die Franzosen zog. Man erzählte sich, dass er die Schlacht von Wörth nur durch ein Wunder überlebt hatte – wobei niemand Genaues wusste – und bei der Schacht bei Beaumont mit seiner Kompanie eine entscheidende Bresche in die Linien der Franzosen schlagen konnte, was wesentlich zum deutschen

Sieg beigetragen habe. Die Leute im Dorf behaupteten sogar, dass er als letzter Überlebender seiner Kompanie – säbelschwingend, weil er keine Munition mehr hatte – die Franzosen in die Flucht geschlagen hätte. Und somit war die Voraussetzung für die siegreiche Schlacht in Sedan, die Kapitulation Napoléons III, den Sieg Deutschlands über Frankreich und schließlich die Deutsche Einheit geschaffen. Obwohl Hauptmann Wilhelm Berger, der „Held von Sedan" schon zwei Tage vorher, am 30. August 1870 in Beaumont gefallen war, war er der deutsche Held aus Nordbaden.

Der Vater von Hans Berger.

Dieser wusste von all diesen heroischen Kriegsgeschichten nur wenig, als er mit seiner Mutter durch den Wald streifte und Brombeeren sammelte. Es war eine seiner frühesten Kindheitserinnerung, wie sie beide sich bei wunderschönem Spätsommerwetter auf den Weg in den Wald gemacht hatten, hin zu einem verborgenen Platz. Hier hatte vor einigen Jahren ein Sturm gewütet, und nun wucherten dichte Brombeerhecken mit herrlich schwarzen, großen und vor allem süßen Beeren. Mutter und Sohn hatten beide ein Metallkesselchen um den Bauch gebunden, so dass sie die Hände frei hatten, um die Früchte zu ernten. Roland, der große, zottige Hütehund, begleitete die beiden, jagte zunächst ein paar Hasen oder Rehen nach und lag dann im Schatten einer alten Eiche mit knorrigen Ästen, die der Sturm verschont – oder die dem Sturm getrotzt – hatte.

Dieses einfache Dorfleben, das Sammeln von Früchten oder Pilzen im Wald, die Ruhe, das Nichtvorhandensein von Zeit, die Unabhängigkeit unter blauem Himmel oder grünen Baumkronen war ein stetiger Fluchtpunkt, der Hans Berger in späteren Zeiten immer wieder zur Ruhe zurückfinden ließ.

Aus seiner frühen Kindheit ist nur wenig bekannt und die meisten Geschichten, die man sich erzählt, entspringen der reichen Phantasie der Menschen aus dem kleinen Odenwalddorf. Denn dort war er geboren worden und dort lebte er zusammen mit seiner Mutter, den Großeltern und einer unverheirateten Tante, der Schwester des Vaters. Sie lebten von der bescheidenen Soldatenrente des Großvaters August und von dem, was das Land hergab. Es standen zwei Kühe im Stall, dazu zwei Schweine, die das Jahr über gemästet und im Winter geschlachtet wurden, außerdem ein paar Ziegen, rund ein Dutzend Hühner, deren Zahl vom Fuchs regelmäßig reduziert wurde ... und eben der Hütehund Roland, dessen Hauptaufgabe es war, aufdringliche Füchse abzuwehren und sonstige ungebetenen Gäste abzuschrecken. Tatsächlich schlief er den lieben langen Tag, wenn er nicht gerade etwas zu fressen suchte.

Die größte Freude von Roland war es allerdings, den Großvater nach Eberbach zu begleiten, wo er auf dem Markt seine geflochtenen Körbe verkaufte. Die stellte er im Winter in seiner kleinen Werkstatt in einem Nebenraum der Scheune her, aufmerksam beäugt von Roland und interessiert beobachtet von Hans.

Manchmal durfte auch Hans mit in die Stadt gehen, und für den kleinen Burschen war dies jedes Mal ein großes Abenteuer. Nicht nur, weil die Stadt viel größer, viel lebendiger, aber auch schmutziger war als das kleine Dorf: Das schönste an der Stadt war der Neckar. Und dort lehrte der Großvater seinen Enkel das Schwimmen. Im Dorf gab es zwar auch einen Bach und der hatte jede Menge Zuflüsse, aber die waren nicht tief genug, um darin zu schwimmen. Aber Forellen gab es dort! Die schmackhaften Raubfische versteckten sich meist unter flachen Sandsteinen, und mit etwas Übung konnte man sie mit der Hand fangen. Dabei war es hilfreich, wenn ein oder zwei andere Buben dabei waren. Es durften jedoch nicht zu viele sein, sonst gab es nur Streit um die Beute.

Im Dorf gab es zwar nur wenige Häuser, dafür aber eine ganze Menge Kinder, und so war es Hans zunächst egal, dass er ein Einzelkind war. Er fand immer Kinder, mit denen er spielen konnte, wobei, leider: Das Spielen kam als

Letztes dran. Im Vordergrund stand der Erhalt des Lebens, und das bedeutete, dass die Haustiere versorgt und die Arbeit auf dem Feld erledigt werden mussten. Im Alter von fünf Jahren wurde Hans die Verantwortung für die Ziegen und die Hühner übertragen. Am Morgen musste er den Hühnerschlag und die Türe zum Ziegenstall öffnen und am Abend, nachdem die Tiere den Weg zurück gefunden hatten, wieder schließen. Hans musste schauen, dass es genug Futter und auch Wasser gab und dann war es seine Aufgabe, die Eier einzusammeln. Lang waren die Tage auf dem Feld beim Rübenverziehen, eine monotone Arbeit, die nie zu enden schien, aber notwendig war. Denn wer konnte damals schon Futtermittel hinzukaufen? Die Rüben waren ein wichtiges Winterfutter fürs Vieh. Und sollten recht groß sein. Da aber aus einem Samenkorn mehrere Pflanzen wuchsen, war es notwendig, die Rüben zu vereinzeln.

Im Gegensatz zu den meisten anderen Kindern liebte Hans dieses eintönige Hantieren im Feld. Hier konnte er in seine eigene Welt eintauchen, ungestört phantasieren, philosophieren oder die anderen Kinder mit Geschichten, die er gerade erfand, unterhalten. Und da sein Geist offenbar wacher, schneller und flexibler war als der der anderen Kinder, wusste er dies recht schnell zu nutzen. Nicht nur die Vorschusslorbeeren als Sohn des Kriegshelden waren der Grund, dass niemand je seine Führungsrolle anfocht. Und wer ihm in die Quere kam, lernte seine Fäuste kennen. Denn neben schwimmen, Körbe flechten und Rechen aus Haselruten bauen, hatte er vom Großvater die Techniken im Faust- und Ringkampf gelernt.

Aus Hans Bergers Volksschulzeit ist ebenfalls kaum etwas bekannt. Es gab auch nur wenig, was er in der örtlichen Volksschule hätte lernen können. Der Lehrer, ein dem Alkohol verfallener Choleriker mit Namen Wilhelm Sack, war der Horde lärmender Kinder in dem engen, dunklen Schulzimmer in einem baufälligen Häuschen keineswegs gewachsen. Und so war der Einsatz des Rohrstocks an der Tagesordnung und die Kinder waren froh, wenn Sack so betrunken war, dass er zu körperlichen Züchtigungen nicht mehr in der Lage war. Hans Berger allerdings war von den Züchtigungen ausgenommen. Ihn schützte aber nicht der Status als Sohn des Kriegshelden, sondern die Fäuste des Großvaters, der Sack drohte, ihm das Nasenbein zu brechen, sollte er sich an seinem Enkel vergreifen.

Hans selbst langweilte sich maßlos. Das Lesen hatte er sich selbst beigebracht, das Schreiben und Rechnen mit Hilfe seines Großvaters, der recht bald begriff, dass die Dorfschule kaum geeignet war, Hans auf sein zukünftiges Leben vorzubereiten. Er sollte ab der 5. Klasse die Höhere Bürgerschule mit dem Lehrplan des Real-Gymnasiums in Eberbach besuchen. Nun war

Hans zwar kein Angehöriger des Bürgertums, sondern nur ein Sprössling einer Kleinbauernfamilie mit militärischer Tradition, doch hier kam ihm die Rolle als Sohn des „Helden von Sedan" zupass.

In der Volksschule gab es für ihn nur einen Höhepunkt: den Religionsunterricht bei Pfarrer Bär. Ludwig Bär war ein sanftmütiger Mann mit großer Ausstrahlung und Autorität. Er brauchte den Rohrstock kaum einzusetzen, die Kinder lauschten seinen Geschichten aus der Bibel, die er so anschaulich erzählte, als wäre er selbst dabei gewesen. Hans Berger mochte am liebsten die Geschichten von König David. Der Kampf mit Goliath, die Freundschaft zu Jonathan oder die Trauer über Absalom rührten sein Herz. Und als er erwachsen war und die Zusammenhänge begriff – die Irrungen, Davids Liebe zu den Frauen, seine Zweifel, seine Liebe und seine Schuld – war Hans noch mehr gefangen vom Leben des großen Königs.

Eberbach

Hans kannte die Stadt bereits aus seinen Besuchen mit dem Großvater und hatte dabei so manche lustige Begebenheit erlebt. So erlitt ein Schoßhund einer gut gekleideten Dame bei einer Begegnung mit Roland einen Ohnmachtsanfall – wohlgemerkt: der Hund, nicht die Dame, die allerdings kreidebleich war und kurz davor stand, zu ihrem Vierbeiner auf den Boden hinabzusinken. Geistesgegenwärtig nahm August Berger das Hündchen auf den Arm, lief zum nahen Neckar, tauchte ihn unter und siehe da: Der Kleine war wieder quicklebendig.

Gar nicht quicklebendig fühlte sich hingegen Hans an seinem ersten Schultag in der neuen Schule. Die Mutter hatte ihn zwar in den besten Sonntagsanzug gesteckt, doch im Vergleich mit den Stadtbürgersöhnchen fühlte sich Hans wie ein Lumpensammler. Warum durfte er nicht weiter die Volksschule zu Hause besuchen, warum musste er stattdessen zu diesen eingebildeten Sprösslingen eingebildeter Parvenüs? Es war ihm zwar klar gewesen, dass er in der Volksschule nichts mehr lernen konnte, da er offensichtlich mehr wusste als der trinkfeste Lehrer, aber dort war er unter seinesgleichen gewesen – ein Bauernbub unter Bauernbuben.

Dass er hier nicht dazugehörte, ließen ihn die neuen Mitschüler schnell spüren. Was hatte ein Bauer in einem städtischen Gymnasium verloren? Das hatte es noch nie gegeben! Wie konnte so einer denn überhaupt das Schulgeld in Höhe von 30 Mark bezahlen? Hans wusste es selbst nicht. Sein Großvater hatte das Geld sicher nicht – und seine Mutter schon gar nicht. Aber er machte sich damals darüber auch keine großen Gedanken. Erst später, als es ihn wirklich interessierte, wer sein großer Gönner gewesen war, war es zu spät. All diejenigen, die etwas hätten wissen können, waren entweder tot oder nach Amerika ausgewandert.

So saß er nun da an seinem ersten Schultag, und fühlte sich hundeelend. Zu all der Abneigung, die ihm nicht nur von den Schülern entgegenschlug – auch die Lehrer zeigten sich etwas pikiert – kam noch der strenge Geruch nach Bohnerwachs, der sich durchs ganze Schulhaus zog.

Dennoch kam er am Ende dieses Tages nicht ganz unvergnügt nach Hause, denn er hatte bemerkt, dass seine Mitschüler zwar besser angezogen waren als er, aber: Einen Wissensvorsprung oder gar eine geistige Überlegenheit konnte Hans bei ihnen nicht feststellen. So war er schon am ersten Tag dadurch aufgefallen, dass er als einziger eine mathematische Gleichung lösen konnte. Und es war ihm noch nicht einmal besonders schwergefallen. Damit beeindruckte er nicht nur die Jungen aus seiner Klasse, sondern auch den Lehrer.

Dr. Maurer, Prototyp eines Mathematiklehrers – groß, stattlich, graue Haare und wallender Bart sowie eine fast zierliche Brille mit Metallrahmen – verschlug es fast die Sprache, als Hans an die Schiefertafel trat, ein Stückchen Kreide nahm und in raschem Tempo den Rechenweg und das Ergebnis niederschrieb.

Dr. Maurer war deshalb sprachlos, weil er immer in der ersten Schulstunde der neuen Oberschüler eine Aufgabe aus der Sekundanerklasse stellte. In der Gewissheit, es könne sie niemand lösen. Um dann den überforderten Buben vorzuwerfen, dass sie eigentlich viel zu dumm für seine Schule seien. Mit dieser Methode schüchterte er die Kinder von Anfang an derart ein, dass ihm ihre volle Aufmerksamkeit fortan gewiss war und er vom Rohrstock nur selten Gebrauch machen musste. Doch dass ein zehnjähriger Bengel eine solche Aufgabe meistern konnte, war nahezu unglaublich. Da stand vor ihm dieser schäbig gekleidete Junge und löste in einer Seelenruhe diese Rechenaufgabe.

Und nach der Mathematikstunde wollten plötzlich all die Bürgersöhnchen mit ihm, dem Bauernbuben, befreundet sein. Die Ablehnung des frühen Morgens war urplötzlich einer schon fast ehrfurchtsvollen Bewunderung gewichen.

Der Sohn des „Helden von Sedan" war wohl auch ein Musterschüler.

Doch hierin täuschten sich seine Mitschüler und auch Dr. Maurer. Denn Hans Berger war zwar außerordentlich intelligent, aber zum sprichwörtlichen Musterschüler, der angepasst den Schulstoff in sich aufsaugt, taugte er nur wenig. Im Gegenteil, mehr und mehr trat sein rebellisches Naturell zu Tage.

Doch zunächst genoss er seine Schulzeit in der großen Stadt, die zwar nur wenig über ihren ursprünglichen, mittelalterlichen Kern hinausgewachsen und genau genommen nur ein kleines Nest war. Aber für ein Kind aus einem kleinen Dorf mit kaum mehr als einer Handvoll Häuser ist eine Stadt immer ein Erlebnis. Hans liebte die engen, verwinkelten Gassen, die kaum das Sonnenlicht auf das Pflaster fallen ließen, die vielen Gerüche, die so anders, so viel intensiver waren als auf dem Land.

Und er liebte den Neckar, in dem er nach dem Unterricht nach Herzenslust schwimmen konnte. Oder einfach am Ufer sitzen, fischen oder gar nichts tun, nur den Kettendampfern zuschauen, die sich an einer am Flussgrund liegenden Kette schnaubend flussaufwärts bewegten und dabei mehrere angehängte Schleppkähne zogen. Vor ein paar Jahren hatte die Kettenschifffahrt das Treideln mit Pferden auf dem Neckar abgelöst. Denn die Eisenbahn war zu einer ernsthaften Konkurrenz für die Fluss-schiffer und die Kaufleute an den Neckarhäfen geworden, und so mussten die sich nach einer Lösung umsehen. Das größte Problem des Neckars war seine geringe Wassertiefe. Schiffs-schrauben oder Schaufelräder schieden als An-triebe aus, und so nahmen sich die Kaufleute entlang des Neckars die Kettenschifffahrt der Oberelbe zum Vorbild.

Für die Menschen entlang des Neckars zwi-schen Mannheim und Heilbronn waren die Ket-tendampfer mit ihren wie an einer Perlen-schnur aufgezogenen Lastkähnen bald zum ge-wohnten Bild geworden. Und selbst wenn man sie nicht sah: Zu hören waren die Kettendamp-fer immer, wenn sie vorüberfuhren. Denn sie verursachten jede Menge Lärm, wenn sie so angeschaukelt kamen, dazu ließen sie immer wieder ein lautes Pfeifen ertönen, das ihnen den Spitznamen „Neckaresel" einbrachte.

Hans Berger betrachtete die Neckarschiff-fahrt mit einer gewissen Skepsis. Die kompli-zierte Technik vor allem bei kreuzendem Ver-kehr erschien ihm sehr hinderlich und wenig effizient. Nun war es freilich so, dass der Neckar mit seinen variierenden Stromverhält-nissen, den stark schwankenden Wasserständen und langen Perioden mit Niedrigwasser unter einem halben Meter schwierig zu befahren war. Moderne Dampfschiffe konnten wegen dieser Wasserstände und der engen Krümmungen sowie der teilweise starken Strömungen nicht eingesetzt werden. Hans fand, dass die Eisenbahn nicht nur schneller, sondern auch viel flexibler war als die Schifffahrt. Allerdings waren unter seinen Klassenkameraden einige Söhne Eberbacher Neckarschiffer, und so behielt er seine Gedanken lieber für sich.

Was in Eberbach zu jener Zeit mindestens genauso prägte wie die Schifffahrt war die Arbeit in den vielen Steinbrüchen rund um das kleine Städtchen. Hans wusste von seinem Großvater, dass viele Bauern der Gegend als Tagelöhner in den Steinbrüchen arbeiteten und ihre Frauen und Kinder beim Schotterschlagen eingesetzt wurden. Besonders imposant war der Steinbruch Teufelskanzel, am Kranichberg gegenüber von Rockenau gelegen. Der Neckartäler Sandstein aus dem Unteren Buntsandstein war ein begehrter Mauerstein für massive und repräsentative Häuser, für Pflaster- und Treppensteine und fand im gesamten badischen Neckartal Verwendung. Doch auch die Mühlsteine der Gegend waren aus diesem Gestein gefertigt. Beim Durchstreifen der Wälder hatte Hans so manchen begonnenen, jedoch nicht fertiggestellten Mühlstein gefunden. Manche der Steine zeigten offensichtliche Fehler, bei anderen war nicht zu erkennen, weshalb sie noch im Walde lagen. Vielleicht waren sie überzählig und wurden einfach vergessen.

Steinbrüche waren für die Eberbacher Buben aber verboten – was ihren besonderen Reiz ausmachte. Und Hans Berger war immer vorne mit dabei, wenn es darum ging, die Durchlässigkeit einer Verbotslinie auszutesten. Und so zogen er und die drei mutigsten Buben seiner Klasse an einem sonnigen Sommertag nach dem Schulunterricht gen Teufelskanzel, um sich den Steinbruch, der so prägnant in den grünen Laubwald oberhalb des Neckars geschlagen worden war, aus nächster Nähe anzusehen.

Die kleine Gruppe näherte sich zunächst auf dem Hauptzufahrtsweg dem Steinbruch. Doch nachdem binnen kürzester Zeit drei Fuhrwerke mit grob behauenen Steinen an ihnen vorbeigefahren waren, fanden sie es sicherer, sich oberhalb der Straße einen Weg quer durch den Wald zu suchen. Also stiegen sie den steilen Hang aufwärts und bewegten sich rund 100 Meter oberhalb der Straße auf den Steinbruch zu, was problemlos bewerkstelligt wurde. Bald standen sie am Rand des Bruchs und legten sich nebeneinander auf den Bauch, um nicht von einem aufmerksamen Arbeiter entdeckt zu werden. Aus der Nähe war alles noch viel spannender. Die Steinhauer wirkten wie Ameisen, und in der sommerlichen Hitze hing der Steinstaub in der Luft wie ein grob gewebter Schleier. Die vier Buben erkannten mehrere schmale Gleise mit Loren, die entlang der Wandabbrüche zu einem zentralen Platz führten, wo die Steine auf Ochsenkarren verladen wurden. Während die kleineren von Hand auf die Wagen gehievt wurden, gab es, soweit die Buben erkennen konnten, für die großen, kubisch zugehauenen Felsen Verladevorrichtungen ... ja, es waren Zahnstangenwinde, mit deren Hilfe Arbeiter die Steine anhoben und auf die bereitgestellten Fahrzeuge bugsierten. Über den ganzen Steinbruch legte sich ein Klangteppich aus metallischem Hämmern. Gerne hätten sich die vier das Ganze aus der Nähe angesehen, aber dabei wären sie sicherlich entdeckt worden. Schon das Heranrobben an die Abbruchwand war gefährlich genug gewesen.

Wie es genau geschah, ist nicht bekannt, ebenso wenig weiß man, ob die vier Schulbuben nur einmal dort am Steinbruch waren oder ob sie sich mehrfach dort aufgehalten hatten. Sicher ist nur: Einer der Jungen, Gustav Röder, Sohn des Eberbacher Eisenbahnvorstehers, stürzte am 4. Juli 1884 die Felswand hinunter, nachdem er bei einer Sprengung unterhalb des Felsens das Gleichgewicht verloren hatte. Gustav Röder hatte keine Chance. Als er am Grund des Steinbruchs aufschlug, war er mehr ein blutiges Fleischknäuel mit zersplitterten Knochen als ein menschliches Wesen. Es dauerte eine ganze Weile, bis er identifiziert werden konnte, was aber auch daran lag, dass der Unfall sowohl bei Arbeitern als auch bei den Verantwortlichen im Steinbruch keine besondere Aufmerksamkeit erregte. Zunächst ging man davon aus, dass eben einer der Tagelöhnerbengel unvorsichtig gewesen und selbst an seinem Tod schuld sei. So etwas käme nun mal eben vor, war die vorherrschende Meinung. Lediglich die vornehme Kleidung des Jungen machte den Vorarbeiter stutzig. Als die Identität des Unfallopfers endlich feststand, ging man im Steinbruch wieder zur Tagesordnung über. Und die Todesursache stand bald fest. Die Eberbacher Polizei hatte ihre Ermittlungen rasch abgeschlossen, schließlich hatte sich der Junge verbotenerweise im Steinbruch aufgehalten und sämtliche Warnhinweise ignoriert.

Die drei anderen Buben verloren kein Wort über ihre Ausflüge zum Steinbruch und waren in der Folge sehr wortkarg. Insbesondere Hans Berger machte sich Vorwürfe. Doch diese schob er bald in einen verborgenen Winkel seines Bewusstseins.

Im Gasthaus

Die Zeit verging, für Hans ging es allmählich schon auf den Schulabschluss zu, und die höhere Bürgerschule zog in den Neubau in der Bahnhofstraße um. Im Eberbach der damaligen Zeit gab es für einen Buben wie ihn eine ganze Menge zu entdecken. Und dies waren weniger die modernen, breiten Straßen und die dazugehörigen repräsentativen Neubauten, die zeigen sollten, wie wohlhabend der Hauseigentümer war. Viel spannender war die Altstadt mit ihren verwinkelten Gassen – je näher am Neckar, desto verruchter und lockender. So gab es in der engsten, dunkelsten und schmutzigsten Gasse der Stadt – einer Gegend in der gutbürgerliche Buben nichts verloren hatten! – ein Gasthaus, dessen Verwerflichkeit schon an der schäbigen Fassade zu erkennen war. Dieses Gasthaus wurde von Neckarschiffern und Tagelöhnern aufgesucht, die dort, anstatt ihren Familien den Lebensunterhalt zu sichern, ihr hart verdientes Geld in Bier und Schnaps umsetzten.

Nun fühlte sich der Pennäler Hans Berger alt genug, selbst auszusuchen, wo er sein Bier trinken mochte, und so trat er an einem herrlichen Sommertag – da er doch zu Hause bei der Heuernte hätte helfen sollen! – den Weg in diese verwinkelte Gasse zu besagtem Gasthaus an. Ganz alleine traute er sich wohl nicht, denn er ging in Begleitung des Metzgerlehrlings Arthur Lanz, einem grobschlächtigen, wortkargen jungen Mann, der Berger allerdings folgte wie ein dressierter Hund. Mit ihm im Schlepptau fühlte sich Berger wiederum sehr sicher, denn Lanz hatte sich bereits den Ruf erworben, die Fäuste schnell und vor allem erfolgreich einzusetzen. Und so saßen sie bald an einem speckigen Tisch in einer dunklen Ecke des Gasthauses und tranken ein wässrig schmeckendes Bier. Dazu rauchte Berger eine dicke Zigarre, die er aus dem Büro des Rektors gestohlen hatte – er hätte es vermutlich nicht als Diebstahl bezeichnet, sondern eher als Schmerzensgeld für einen Nachmittag Nachsitzen beim Rektor, einem gutmütigen alten Mann, der so gar nicht in die Zeit passte.

Es ist heute schwer, genau nachzuvollziehen, was an diesem Nachmittag in besagtem Gasthaus geschah. Jedenfalls ist unstrittig, dass sich in und um das Wirtshaus Frauen aufhielten, die ihren Lebensunterhalt mit Prostitution aufbesserten. Bei Tage waren dies junge Frauen, denn für die gab es nur wenig Arbeit in dem industriell wenig entwickelten Eberbach. Und Hausangestellte oder Küchenhilfen in Bürgerhäusern wurden ebenfalls kaum gesucht. Für eine Frau, die sich nicht rasch einen Mann angeln konnte, war die Arbeitslosigkeit vorprogrammiert. Doch wer eine gewisse Scheu und Scham überwunden hatte, von den Verdammungsdrohungen der Kirche einmal ganz abgesehen, hatte hierbei eine ganz gute Verdienstmöglichkeit. Dies galt auch für die älteren Frauen, die am Abend unterwegs waren – in der Regel Ehefrauen, die nicht wussten, wie sie ihren Kindern die Mäuler stopfen sollten. Leider machten es viele der Frauen nicht anders als die Männer, die das Lokal aufsuchten: Sie setzten nur zu oft ihr gerade schwer verdientes Geld in Alkohol um und so endete der Arbeitstag für viele Frauen und Männer gleich – sie kehrten betrunken und ohne Geld zurück nach Hause ins Elend.

Hans Berger und Arthur Lanz hatten sich inzwischen Mut angetrunken und wollten nun doch einmal testen, wie es denn so mit den Frauen war. Beide hatten zwar keinerlei Erfahrung mit dem anderen Geschlecht und was sie zu wissen glaubten, entsprang meist prahlerischen Erzählungen, die weder glaubhaft noch seriös waren. Meist erzählte ein älterer Handwerksbursche von seinen tatsächlichen oder eingebildeten Erlebnissen, und die jüngeren, egal ob Bürger- oder Tagelöhnersöhne, hingen an dessen Lippen.

Bald hatten sowohl Berger als auch Lanz jeder ein Mädchen auf dem Schoß sitzen. Letzterer griff einfach den Arm einer Vorübergehenden und zog sie zu sich. Und da wollte Berger natürlich nicht zurückstehen und tat es ihm gleich. Während Lanz gleich am Tisch begann, sich zur Unterwäsche der Frau vorzuarbeiten, zog Bergers Mädchen den Burschen hinter sich her in eine kleine Kammer im hinteren Flur. Diese Kammer bestand aus einem Bett, einem Stuhl und einer Petroleumlampe, deren schwaches Licht den Raum kaum ausleuchtete.

„Und jetzt?", fragte Berger.

„Ich heiße Elisabeth", sagte das Mädchen und Berger stellte fest, dass sie wohl jünger sein musste als er selbst.

„Hans", antwortete er schüchtern.

Elisabeth zog ihn zu sich, küsste ihn auf die Stirn und begann, sich auszuziehen. Sie lächelte ihn an, als sie etwas umständlich aus ihrem Kleid stieg. „Du musst dich schon ausziehen, sonst geht es nicht."

Hans spürte, wie ihm die Röte ins Gesicht stieg und war froh, dass es ziemlich dunkel im Zimmer war. Wie bin ich hierher gekommen?, dachte er kurz. Doch wie in Trance folgte er ihrer Aufforderung und legte seine Kleider ab. Er traute sich gar nicht, die nun ebenfalls entkleidete Elisabeth anzusehen.

„Komm her zu mir", befahl sie. „Ist es dein erstes Mal?"

Hans nickte.

„Du brauchst keine Angst zu haben", sagte sie und zog ihn zu sich ins Bett.

Kurze Zeit später wunderte er sich, wie schnell alles gegangen war, wie schön es gewesen war – und dennoch hatte er ein schlechtes Gewissen.

„Wieso sagen alle, das sei etwas Schlechtes, etwas Böses, wo es doch so schön ist?", fragte er Elisabeth, die schon wieder ihre Kleider anzog.

„Für dich mag es schön sein. Für mich ist es Arbeit. Außerdem sind nicht viele Männer so nett wie du."

„Ich verstehe das nicht. Wieso kommen Männer hierher? Also verheiratete Männer? Sie haben doch eine Frau."

Sie schenkte ihm einen traurigen Blick, der ihm plötzlich Abgründe eröffnete, die er nie hatte ahnen wollen. Er begann, vage zu begreifen, dass es hier nicht nur um die reine Lust, sondern vor allem um Kontrolle und Macht ging. Und das berauschende Gefühl, das über ihn gekommen war, das sich wie ein Laken über ihm ausgebreitet hatte, war binnen weniger Augenblicke weggefegt, und er fühlte sich erbärmlich. Er hatte das Mädchen bezahlt, ihre Not ausgenutzt, dazu beigetragen, dass ihr Ansehen noch tiefer gesunken war.

„Willst du denn keinen Mann heiraten?", fragte er und hätte sich am liebsten auf die Zunge gebissen, nachdem die Worte seinen Mund verlassen hatten.

Elisabeth lächelte gequält. „Wer sollte mich denn heiraten? Du etwa?" Jetzt sah sie ihn verächtlich an. „Ein Bürgersöhnchen – was würde denn der Herr Papa sagen, wenn du eine Dirne anbringst?"

„Ich ...", doch Hans kam gar nicht zu Wort.

„Fürs Bett bin ich gerade recht, für mehr nicht", sagte sie bitter. „Ich war Zimmermädchen bei dem Herrn Doktor Weber. Geld habe ich nur selten gesehen, dafür den jungen Herrn Weber umso öfter. Der kam fast jede Nacht in meine Kammer und als der Doktor dahinterkam, wurde ich mit Schimpf und Schande aus dem Hause gejagt. Da war der Weg hierher vorgezeichnet. Von irgendetwas muss ich ja leben. Welcher Bursche nimmt eine wie mich?"

„Du kannst doch die Stadt verlassen und in Mosbach beispielsweise was Neues anfangen. Das ist weit genug weg. Dort kennt dich niemand. Oder in Heilbronn."

„Du hast wirklich keine Ahnung", sagte sie.

Arthur Lanz hatte sein Abenteuer offenbar ohne Reue genossen. Er strahlte über das ganze Gesicht und hatte schon ein frisches Glas Bier vor sich auf dem Tisch stehen, als Hans zurückkam.

„Der hab ich es so richtig gezeigt", prahlte er.

„Ach, halt einfach deine Klappe. Ich muss hier raus. Mir ist schlecht."

Und so verließ Hans das Gasthaus und kehrte nie wieder dorthin zurück. Auch dem Arthur Lanz ging er von nun an möglichst aus dem Weg.

Jüdisches Leben

Eine andere für einen Burschen wie Hans Berger interessante Gegend in Eberbach war das jüdische Viertel. Obgleich diese Bezeichnung etwas hochgegriffen war – denn mehr als ein paar Dutzend Juden gab es in der kleinen Stadt nie – war das Gebiet zwischen Kellerei- und Zwingerstraße von der Mitte des 19. Jahrhunderts bis zum bitteren Ende jüdisch geprägt. In der Zwingerstraße 7 gab es seit 1860 eine Synagoge mit einer angebauten Mikwe und später, kurz vor dem 1. Weltkrieg, wurde eine neue Synagoge ihrer Bestimmung übergeben. Zu der Zeit, als Hans Berger durch Eberbach streifte, wuchs die kleine jüdische Gemeinde, die sich nach der völligen rechtlichen Gleichstellung in Baden aus dem Jahr 1862 keinen staatlichen Einschränkungen mehr ausgesetzt sah. Und die Eberbacher jüdische Gemeinde war wie die überwiegende Zahl der deutschen Juden liberal eingestellt und in ihrer Lebensweise kaum von der ihrer christlichen Mitbürger zu unterscheiden.

Für Hans war dieses jüdische Viertel wie für die meisten Eberbacher eine seltsame Welt und er fühlte sich nicht so ganz wohl, wenn er sich dort aufhielt. Dennoch zog es ihn immer öfter in die Kellereistraße mit den jüdischen Metzgereien, Gemischtwaren- oder Schuhläden. Am meisten wunderte ihn, dass es in den jüdischen Metzgereien kein Schweinefleisch gab, keine Leberwurst, keine Bratwurst, keine Blutwurst und keinen Schwartenmagen. Was waren das für Menschen, die sich im Westen der Stadt angesiedelt hatten? Sie sahen aus wie ehrbare Bürger und einige Juden hatten es sogar geschafft, dem Bürgerausschuss anzugehören. Als ob es sich um normale Menschen handele.

Hans war verwirrt. Hatte der Pfarrer, hatten die Lehrer nicht erklärt, dass die Juden nicht nur den Heiland getötet hätten? Sie waren so einfältig, dass sie Jesus nicht einmal als den Messias erkannten, auf den sie schon so lange warteten! Doch wenn er ehrlich war, konnte Hans keinen Unterschied zwischen jüdischen und christlichen Eberbacher erkennen. Er vermochte noch nicht einmal einen Juden auf der Straße erkennen, obwohl sie doch einer anderen Rasse angehören sollten – so sagte man. Hans Berger jedenfalls war fasziniert von diesen Leuten – und wenn er ehrlich war, war er vor allem fasziniert von Anna Salomon, der Tochter des Textilhändlers Levy Salomon. Er hatte das Mädchen erstmals noch während der Schulzeit beim ziellosen Herumstreifen durch die Gassen der Stadt gesehen und sich wie von Donner gerührt gefühlt.

Damals schlenderte er durch die Bäckergasse, als ihm eine junge Frau entgegenkam, die er noch nie gesehen hatte. Sie trug ein elegantes schwarzes Kleid und eine hüftlange Weste mit pelzbesetztem Kragen. Doch was ihn am meisten überraschte, war, dass sie ihr unbedecktes schwarzes Haar kurz geschnitten trug. Die Augen, groß und dunkelbraun, begegneten den seinen und er befürchtete, ohnmächtig zu werden. Alles drehte sich um ihn und er musste sich kneifen, um die Contenance zu wahren.

Als sie ein paar Schritte weitergegangen war, kehrte Hans Berger um und folgte ihr in einigem Abstand. Sie ging raschen Schrittes nach Norden bis in die Bahnhofstraße. Dort traf sie mit einer anderen jungen Frau zusammen, mit der sie sich ein Weilchen unterhielt. Nach einer Weile verabschiedeten sich die beiden, und die schöne Kurzhaarige verschwand plötzlich in einem Hauseingang. Berger fand recht schnell heraus, wer in diesem Haus wohnte – der Textilhändler Levy Salomon. Und dessen Tochter, die Anna Salomon mit ihren dunkelbraunen Augen, ging ihm nie wieder aus dem Kopf.

Am Stammtisch

Die allgemeine Wehrpflicht im Kaiserreich bedeutete auch für Hans Berger einen gravierenden Einschnitt in seinem Leben. Die erste Enttäuschung für alle, die ihn unaufhaltsam die Karriereleiter hinaufsteigen gesehen hatten, stellte sich schon gleich nach dem Schulabschluss ein: Berger, anstatt zu studieren, wie man es von ihm erwartete, zog sich in sein Heimatdorf zurück, um Verantwortung in der kleinen Landwirtschaft des Großvaters zu übernehmen. Dieser, seinem Enkel wie immer wohlgesonnen, war allerdings überhaupt nicht begeistert von diesem Vorhaben, hatte er doch alle erdenklichen Beziehungen und Mittel investiert, damit aus dem Sohn des „Helden von Sedan" etwas Großes werden konnte.

Im Dorf selbst wunderte man sich kaum über Hans Berger, denn dieser hatte von Kindheit an als Außenseiter gegolten.

Besonders an den Stammtischen begleitete man die Entwicklung des jungen Bergers mit großem Interesse.

„Der Berger bereitet sich auf etwas Besonderes vor", mutmaßte Albert Heiß, der Ochsenwirt.

„Ach was!" Jakob Helfrich, der Müller, war schon immer skeptisch gewesen, was die Rolle Bergers anbelangte. „Der ist jetzt wieder hier und übernimmt die Landwirtschaft vom Alten. Ende der Geschichte."

Der Wirt ließ sich nicht beirren: „Hans war in Eberbach auf der höheren Schule. War schon mal jemand aus unserem Dorf auf dieser Schule? Nein." Heiß stellte frisch gefüllte Bierkrüge auf den Tisch.

„Und er war der beste Schüler seit langer Zeit", bestätigte Fritz Kappes, ein Metzgergeselle aus Eberbach, der ein Auge auf die Tochter des örtlichen Metzgers geworfen hatte, dabei jedoch nicht so recht vorankam und sich stattdessen als Stammgast im Ochsen einfand. „Ich weiß das, weil die Frau vom Herrn Dr. Wessel, dem Lehrer aus der Oberschule, das meiner Chefin erzählt hat."

„Aha", meinte Helfrich trocken.

„Doch, doch, der Berger ist ein ganz kluger Kopf und jetzt brütet er was aus."

„Ich glaube eher, dass der Hans froh ist, die ganze Schule hinter sich zu haben und dass er sich jetzt der ehrlichen Arbeit widmen kann. Zu was braucht es die ganzen Doktoren und Herren in der Stadt? Die machen keinen Finger krumm. Nur auf der Hände Arbeit liegt ein Segen, nicht auf windigem Geschwätz."

„Amen", schloss der Wirt.

„Du sollst den Herrn nicht versuchen", mahnte Helfrich scharf.

„Ist ja schon gut, aber ich glaube trotzdem nicht, dass der Berger hier Weizen anbauen und Kühe züchten will. Der ist kein Bauer."

„Du aber auch nicht, Heiß."

„Nein, ich bin Gastwirt."

„Das ist doch alles dummes Geschwätz", meldete sich jetzt Heinrich Vogel, der Vierte in der Runde, zu Wort. „Ihr müsst doch einfach mal zwei und zwei zusammenzählen."

„Seit wann kann ein Holzhauer denn zählen?"

„Ach, halt die Klappe, Helfrich." Vogel nahm einen kräftigen Schluck aus dem Bierkrug und stellte ihn dann wieder auf den speckigen Tisch. „Die Bergers sind eine Soldatenfamilie. Schon der Vater vom alten Berger war Soldat, der August war Soldat, der Wilhelm und warum sollte ausgerechnet Hans kein Soldat werden? Und bis zum Beginn der Militärzeit ist er jetzt eben hier."

Natürlich war der Wehrdienst im deutschen Kaiserreich eine nicht zu umgehende Hürde und so war es jedem Deutschen bestimmt, dass er sieben Jahre lang, vom 20. bis zum 28. Lebensjahr, der Armee angehörte. Hiervon diente der Wehrpflichtige zwei Jahre lang aktiv und weitere fünf Jahre in der Reserve. Und bis zum 39. Lebensjahr war er als Angehöriger der Landwehr weiterhin dienstpflichtig und wurde zu Reserveübungen herangezogen. Im Kriegsfalle wurden Männer noch bis zum 45. Lebensjahr in den Landsturm eingezogen. Und so war das Militär ein Pfeiler der Gesellschaft und wichtiges Bindeglied der Bevölkerungsschichten.

„Der Berger ist kein Soldat und schon gar kein Offizier", meinte Heiß, „der ist viel zu freigeistig."

„Woher willst du das wissen?"

„Hast du schon mal mit ihm geredet, Vogel?"

„Ja, schon."

„Dann müsstest du es doch besser wissen. Berger lässt sich von niemandem etwas sagen."

„Ja, der hat auch Verbindungen zu einem Geheimbund", wusste Kappes zu sagen. „Die Frau Doktor sagte immer, dass es da eine Verbindung gibt."

„Das ist gut möglich, und ich möchte gar nicht wissen, mit wem er unter einer Decke steckt", nickte Heiß.

„Er ist auch immer bei diesem Juden ..."

„Welchem Juden, Kappes?"

„Dem Textilhändler Salomon aus der Bahnhofstraße."

„Das ist doch ein rechtschaffener Mann."

„Aber er ist keiner von uns. Der hat den Heiland umgebracht."

„Kappes, du bekommst kein Bier mehr. Rede doch nicht so dumm daher. Unser Heiland wurde vor fast tausendneunhundert Jahren ans Kreuz genagelt. Damals hat der Salomon vermutlich noch nicht gelebt. Und die Taten der damaligen Juden kann man wohl kaum den heutigen Juden anlasten", entgegnete der Gastwirt.

„Das ist doch gleich. Die sollten sich für das, was sie getan haben, entschuldigen. Und dann werden es immer mehr. In Eberbach leben inzwischen mehr als hundert Juden! Die nehmen uns alles weg. Und mit ihrem Geld machen sie sich immer mehr breit. Sagen schon im Bürgerausschuss, wo es langgehen soll."

„Das ist doch völliger Unsinn, Kappes. Und was hat der Berger damit zu tun?", mischte sich Jakob Helfrich in die Unterhaltung ein.

„Berger macht gemeinsame Sache mit den Juden!"

„Es wird erzählt", sagte Vogel und zündete dabei seine abermals erloschene Zigarre an, „dass er ein Techtelmechtel mit Salomons Tochter hat. Ich weiß aber nicht, ob da etwas dran ist. Über den Berger wird so viel erzählt. Wenn da nur die Hälfte wahr wäre, müsste er schon hundert Jahre alt sein."

So wie bei dieser Unterhaltung im Ochsen wurde mancherorts über Berger und seine Pläne gemutmaßt. Und wie so oft war auch in diesen Gerüchten zumindest ein Körnchen Wahrheit enthalten. Das vermutete Liebesverhältnis mit Anna Salomon war ein offenes Geheimnis, wurde jedoch stillschweigend geduldet und auch nicht offen diskutiert, da ein gewisser gesellschaftlicher Sprengstoff darin steckte. Und die Verbindung zu dem Geheimbund kam auch nicht von ungefähr: Hans Berger war Mitglied der Freimaurerloge „Alt Heidelberg" geworden.

Jedenfalls sah es in diesem Sommer so aus, als sei er glücklich in seinem neuen Leben als Landwirt. Er stand früh am Morgen auf, molk und fütterte die Kühe, frühstückte, ging mit dem Großvater hinaus ins Feld, schwang die Sense im gleichmäßigen Takt, rechte das frische Gras zusammen, lud es auf den mitgebrachten Ochsenwagen, fuhr es heim in den Stall, aß zu Mittag, ging erneut aufs Feld, um Unkraut zu hacken, schwitzte in der Sommersonne, wurde nass und kämpfte gegen die Mückenschwärme, die am Abend aus dem Wiesen aufstiegen. Es war Frühling, es wurde Sommer, es wurde Herbst und Berger war Bauer. Zumindest am Tage.

Anna

An einem sonnigen Sonntagnachmittag waren sie hinaus ins Feld gefahren. Die Pferde grasten das frische Grün und die beiden saßen auf einer Decke unter einem großen Apfelbaum am Rande der Wiese und blickten auf die kleine Stadt hinunter, die da lag mit ihren roten Dächern, den engen Straßen und der alten Stadtmauer, die schützend ihre Arme um die ältesten Teile Eberbachs legte. Er war einmal mehr beeindruckt von dieser schönen, intelligenten Frau, die ihm mindestens ebenbürtig war, wenn nicht sogar überlegen. War es nicht so, dass Frauen nur für den Haushalt oder die Versorgung der Kinder geschaffen waren? Galt nicht die Gewissheit, dass Frauen nur einen begrenzten Verstand hätten und in Männerdingen überfordert wären? Nun, in England regierte seit vielen Jahrzehnten eine Königin recht erfolgreich, überlegte Hans. So ganz konnte diese Weisheit nicht stimmen.

Nachdem er ihr erstmals begegnet war, hatte es nicht lange gedauert, bis sie sich wiedersahen. Berger wollte gerade die kleine Stadtbibliothek aufsuchen, in der Hoffnung, dort ein paar Bücher über die Schriften Immanuel Kants zu finden, als er Anna Salomon über einer aufgeschlagenen Ausgabe der „Kritik der reinen Vernunft" sitzen sah. Sie blickte auf und lächelte den ziemlich verdutzt dreinschauenden Berger an.

„Ja, auch Frauen können lesen, mein Herr. Sie sind sogar in der Lage zu denken", sagte sie in einem spöttischen Tonfall.

„Sapere aude – habe den Mut, dich deines Verstandes zu bedienen, warum soll dies nicht auch für Frauen gelten? Da Frauen der gleichen Gattung angehören wie Männer, sollte es ihnen auch möglich sein, Kant zu lesen", antwortete er, nachdem er rasch seine Selbstsicherheit wiedergefunden hatte.

„Und wir können Kant nicht nur lesen, sondern auch verstehen", gab sie keck zurück.

Die Unterhaltung zog sich noch eine ganze Weile in diesem Stil hin und als Hans schon dachte, das Eis gebrochen zu haben, stand Anna auf und verabschiedete sich.

Einige Tage später trafen die beiden erneut aufeinander, als Berger scheinbar planlos durch die Eberbacher Straßen zog. Anna Salomon kam ihm mit einem offenbar schweren Korb voller Einkäufe entgegen.

„Kann ich Ihnen den Korb abnehmen?", fragte er, ihr direkt in die Augen schauend.

„Sie können ihn sogar zu mir nach Hause tragen", antwortete sie mit fester Stimme.

„Aber erst, wenn Sie sich mir vorgestellt haben. Von einem Fremden lasse ich meine Sachen nicht heimbringen. Ich nehme an, dass Sie wissen, wer ich bin."

Hans Berger setzte sein wärmstes Lächeln auf. „Wie denken Sie denn über mich, wertes Fräulein? Mein Name ist Hans Berger."

„Ich glaube, Sie sind ein eingebildeter Fatzke, der meint, der Besuch einer höheren Schule mache ihn schon zu einem Intellektuellen."

Berger grinste, nahm ihr den Korb ab und hängte sich mit dem anderen Arm bei ihr unter. „Sind Sie immer so direkt, Fräulein Anna?"

„Mein lieber Hans, darauf kann ich mit einem überzeugenden Ja antworten. Daran werden Sie sich gewöhnen müssen, wenn Sie es weiterhin nicht unterlassen können, mir aufzulauern."

Tatsächlich versuchte Hans, seine Angebetete so oft als möglich zu sehen – und Anna machte es ihm dabei nicht allzu schwer.

Der erste Kuss kam genauso unerwartet wie heiß ersehnt. Anna hatte die Initiative übernommen, ihre Lippen auf seine gepresst, sich zurückgezogen, ihn angelächelt, um Hans dann lange und innig zu küssen. Ihm wurde ganz schwindelig, umnebelt von ihrem süßen Geruch, eine ganz neuartige Erfahrung für ihn, und auf einmal kamen ihm die Worte aus dem Hohelied Salomons, die er zwar kannte, deren Bedeutung er aber bislang nicht verstanden hatte, in den Sinn:

„Wie schön ist deine Liebe, meine Schwester, liebe Braut! Deine Liebe ist lieblicher denn Wein, und der Geruch deiner Salben übertrifft alle Würze. Deine Lippen, meine Braut, sind wie triefender Honigseim; Honig und Milch ist unter deiner Zunge, und deiner Kleider Geruch ist wie der Geruch des Libanon",

stand in den Versen zehn und elf des vierten Kapitels.

Dieser Kuss brannte sich in seine Seele, sein Leben und er spürte ihre Lippen, ihre Zunge noch immer, wenn er sich, auch lange Zeit später, daran erinnerte.

„Du bist ein bemerkenswerter Mensch", sagte sie eines Tages, als sie am Ufer des Neckars standen und dem endlos talwärts fließenden Wasser zuschauten. „Zwar eingebildet, aber auch standhaft."

„Wie habe ich das zu verstehen?" Hans sah sie mit großen Augen an.

„Nun, ich bin Jüdin und du bist ein Goj."

„Welche Erkenntnis."

„Dich stört es nicht, dass die Menschen sich über uns das Maul zerreißen, dich stört es offenbar auch nicht, dass ich in einer ganz anderen Welt lebe, als derjenigen, die dir bislang bekannt war."

„Ich verstehe nicht ganz, was du damit sagen willst. Wie du schon richtig erkannt hast, interessiert mich nicht, was andere über mich denken. Das haben eingebildete Typen, wie ich wohl einer bin, so an sich. Ich tue das, wovon ich überzeugt bin. Und ich bin überzeugt, dass es auf der ganzen Welt keine Frau gibt, die dir an Schönheit und Geist das Wasser reichen kann. Also suche ich deine Nähe."

Anna fühlte sich sichtlich geschmeichelt und fragte erst nach einer kurzen Pause: „Nur Schönheit und Geist?"

„Du sollst nicht nach Komplimenten fischen, das hast du nicht nötig. Doch du bist ebenfalls bemerkenswert. Denn ich bin ein Goj, wie du gerade festgestellt hast. Wie kann eine Jüdin sich mit einem Christen einlassen?"

Anna nahm ein altes Stück Brot aus ihrer Manteltasche, brach es in Stückchen und warf es den auf sie zu schwimmenden Enten vor die Schnäbel. „Zunächst einmal sind die Kinder einer Jüdin immer auch Juden, egal wer der Vater ist, ich verrate mein Volk also nicht. Aber gerade weil ich Jüdin bin, weil ich gewohnt bin, meinen Verstand zu gebrauchen, zu diskutieren, Sachverhalte und Aussagen zu prüfen und nicht kritiklos zu übernehmen, bin ich in der Lage zu entscheiden, was gut für mich ist. Und da ist mir ein talentierter, wenn auch eingebildeter Bauernbub lieber als beispielsweise der langweilige Sohn eines Geldjuden aus Frankfurt. Auch wenn Papa das wohl lieber sähe."

Die Beziehung zwischen Anna und Hans wuchs und festigte sich immer mehr und bald waren beide davon überzeugt, dass sie das perfekte Paar waren. Welcher Mann hätte schon eine solch moderne, selbstbewusste Frau neben sich akzeptieren können, wenn nicht Hans? Und welche Frau wäre zu jener Zeit in der Lage gewesen, einem Mann wie ihm die Stirn zu bieten und somit zu verhindern, dass er die Bodenhaftung verlor? Anna und Hans waren wie zwei Seiten einer Medaille, sie ergänzten sich in einer idealen Weise und ließen sich scheinbar von nichts aufhalten.

Hans schätzte neben ihrer Schönheit und ihrem Intellekt vor allem ihr warmherziges, anpackendes Wesen, ihre Zerbrechlichkeit in ihrem tiefsten Innern. Anna hingegen schätzte seine Zuverlässigkeit. Wenn sie sich auf jemanden verlassen konnte, dann war es Hans.

Und so kam jener sonnige Sonntagnachmittag, an dem sie auf der Decke unter dem Apfelbaum saßen und alles wunderbar hätte sein können. Wenn nicht Anna jene Frage gestellt hätte, die alles veränderte: „Und, wie hast du dich entschieden?"

Hans schwieg eine Weile. Dann sah er sie lange an. „Warum willst du denn unbedingt in die Wüste?"

Anna atmete tief ein. „Ich will nach Palästina, nach Eretz Israel, ins gelobte Land."

„Aber warum nur? Was gibt es dort, das du hier nicht haben kannst?"

„Du hast doch sicherlich Moses Hess gelesen?"

Hans nickte: „Rom und Jerusalem – die letzte Nationalitätenfrage."

„Genau, und nachdem die Italiener ihren Nationalstaat vor wenigen Jahren erhielten, sind nun die Juden an der Reihe."

„Meine Liebe, wenn ich es richtig verstanden habe, sind es die orthodoxen Juden, die den Staat Israel errichten sollen. Du bist allerdings beileibe nicht orthodox."

Anna lächelte schwach. „Da hast du wohl recht. Das war die Meinung von Hess. Ich glaube im Gegenteil, dass ein liberales Judentum die Voraussetzung dafür ist, einen modernen Staat zu errichten."

„Aber seht ihr liberalen Juden euch nicht als Angehörige des Staates, in dem ihr lebt?" Hans hatte die Stimme erhoben. „Hier tretet ihr für Toleranz und Emanzipation ein. Schau dir doch nur einmal Eberbach an. Sieben jüdische Bürger sind Mitglied im Bürgerausschuss, und sie sind sicherlich nicht die mit dem wenigsten Einfluss."

Sie legte ihre schmale Hand auf seinen Arm. „Das mag schon sein. Doch ich glaube nicht, dass wir hier auf Dauer sicher leben können."

Hans schüttelte den Kopf. „Das jüdische Leben wird immer mehr zum Bestandteil des deutschen Lebens. Wenn wir heiraten, sind unsere Kinder jüdisch und durch solche Mischehen, die es in den großen Städten schon vielfach gibt, wird das Judentum umso mehr in Deutschland eine Heimat finden."

„Oder assimiliert werden. Wenn du mit mir nach Palästina kommst, dann können dort unsere Kinder einen jüdischen Staat formen."

Anna sah ihn aus ihren großen, dunklen Augen an und ihm war es, als zerberste sein Herz. Wie schön hatte er sich eine gemeinsame Zukunft ausgemalt mit der klugen, bildhübschen Anna an seiner Seite. Mit der Zeit hätte er in das Textilgeschäft ihres Vaters einsteigen, es später übernehmen können. Sie hätten ein neues, repräsentatives Haus mit entsprechendem Personal inmitten des neuen Eberbachs gebaut und zuversichtlich in die Zukunft geschaut. Doch dieser Traum zerplatzte in diesem Augenblick – und hinterließ ein furchtbares Vakuum.

Sie nahm ihre Hand von seinem Arm und wandte sich ab. „Ich dachte immer, du seist ein Mann mit Visionen und niemand, der sich komfortabel in die Selbstgefälligkeit zurückzieht."

Hans runzelte die Stirn. „Du bist doch wohl eher diejenige, die flüchtet."

„Nein, ich suche die Herausforderung und will nicht als Ehefrau enden, deren vornehmste Aufgabe es ist, die Gäste ihres Mannes zu unterhalten", sagte sie bitter. „Kennst du Zwi Hirsch Kalischer?"

„Wer soll das sein?", knurrte er.

„Ein Rabbi aus Thorn an der Weichsel. Er schrieb einen Aufsatz über die Suche nach Zion."

„Und?"

„Darin sagt er, dass erst in Palästina das jüdische Volk vor weiterer Zerstreuung und Verfolgung sicher sein kann."

Hans begann, Grashalme auszureißen und sie büschelweise wieder auf den Boden zu werfen. „Aber in Deutschland werden doch keine Juden verfolgt. Das ist doch Unsinn. Früher vielleicht einmal. Aber heute haben Juden die gleichen Rechte wie die anderen Deutschen auch."

Auch Annas Stimme wurde jetzt lauter. „In welcher Welt lebst du denn? In Berlin tobte der Treitschkestreit über den Einfluss des Judentums im Kaiserreich. Und die Antisemitismuspetition verlangte von Bismarck eine Rücknahme der Gleichstellungsgesetze für Juden. Und du träumst den Traum der heilen Provinz mit der jüdischen Frau als hübsches Anhängsel."

Hans fuhr hoch. „Du bist nicht fair. Ich liebe dich, wie ich noch niemals jemanden geliebt habe und wie ich niemals wieder jemanden lieben kann."

„Und warum kommst du dann nicht mit mir nach Palästina?"

Berger schlug die Hände vors Gesicht. „Ich kann nicht. Was willst du dort denn nur tun?"

„Charles Netters hat vor einigen Jahren die Landwirtschaftsschule Mikwe Israel gegründet. Er war ein Freund meines Vaters. Leider ist er vor ein paar Jahren gestorben, aber die Schule gedeiht. Baron Edmond Rothschild ist ein großer Förderer des Projekt und er wünscht sich meine Unterstützung bei der Leitung der Schule."

Wieder lächelte Anna.

Hans erwiderte das Lächeln nicht. „Aber wie stellst du dir das vor? Ich soll hier alle Verbindungen abbrechen und nach Palästina ziehen. Und was soll ich dort tun? Sandkörner zählen?"

„Du bist so ein Idiot", antwortete Anna mit schmalen Lippen. „Wo ist nur der junge Mann mit den unendlichen Ideen geblieben? Wo der mutige Held, der mir die Sonnenstrahlen fangen wollte?"

„Es tut mir leid." Hans versuchte, sie in den Arm zu nehmen, doch Anna stieß ihn zurück.

„Du bist eine einzige Enttäuschung. Du bist nicht besser als all die anderen, die .... ach, lassen wir das. Leb wohl, Hans."

Sie stand auf und ging schnelles Schrittes den Weg hinauf in Richtung Wald. Hans blieb sitzen und fühlte sich, als hätte ihm jemand gerade alle Eingeweide herausgerissen.

Hatte er nicht gegen alle Widerstände, gegen die eigene Familie, gegen alle geltenden Regeln eine Beziehung zu Anna begonnen? Hatte er ihr nicht seine Liebe geschworen, sie auf Händen getragen und mit ihr alle erlaubten und unerlaubten Wege beschritten? Und jetzt lief sie einfach davon! Wie stand er nun in der Öffentlichkeit da? Egal, die Leute zerrissen sich ohnehin den Mund, da kam es auf ein bisschen mehr nicht an. Aber er wusste nicht, wie er ohne Anna leben sollte, wie er ohne sie leben konnte.

Aber nach Palästina gehen, das konnte er auch nicht.

Warum nicht? Hans grübelte ... Vielleicht befürchte ich, dort meine eingebildeten oder tatsächlichen Privilegien als Sohn des „Helden von Sedan" zu verlieren? Oder habe ich einfach nur Angst, eine Jüdin zu heiraten? Der richtige Mut hat mir schon immer gefehlt, wenn es darauf ankam. Schon damals, als Gustav Röder am Steinbruch in den Tod stürzte. Ich hätte ihn retten können, als er in der Felswand hing. Aber ich hatte nicht genug Mumm, einen Schritt auf den Freund zuzugehen und ihn zurückzuziehen. Die beiden anderen Buben waren zu weit weg gewesen, ich allein war schuld am Tod Röders ...

Aus und vorbei. Das Leben erschien ihm plötzlich sinnlos und am liebsten hätte er sich auch vom Steinbruch gestürzt.

Hamburg

Doch das Leben ging weiter für Hans Berger. Er ging weder nach Heidelberg, um zu studieren, noch übernahm er den Posten als Vorstand des Eberbacher Bahnhofs, den man ihm angeboten hatte und den Wehrdienst trat er auch nicht an, obwohl ihm doch der Weg als Offizier im 2. Badischen Grenadier-Regiment „Kaiser Wilhelm I." Nr. 110 vorgezeichnet war.

Nein. Hans Berger verließ den Odenwald in Richtung Hamburg, um dort bei der Hamburg-Amerika-Linie zu arbeiten. Das schien ihm zunächst einmal die richtige Herausforderung zu sein, um den Verlust von Anna zu überwinden. Außerdem wollte er sich selbst beweisen, dass er in der Lage war, das Leben in einer so großen Stadt zu meistern.

Hamburg hatte am Ende des 19. Jahrhunderts rund eine Million Einwohner, und insofern war die große Stadt für Berger mindestens so fremd und exotisch wie der Dschungel Afrikas. Die Ausdehnung der Siedlungsfläche war schier unendlich. Die Enge, der Gestank und die dicht gedrängt wohnenden Menschen, die sich wie die Ameisen durch die Straßen schoben, wirkten so bedrohlich auf ihn, dass er seine Entscheidung schon sehr bald bereute. Hinzu kamen tausende Ausreisewilliger, die ihr Glück in Amerika suchen wollten, und kurz geriet Hans in Versuchung, selbst nach Übersee auszureisen – doch dann hätte er ja genauso gut Anna nach Palästina begleiten können.

So stürzte er sich in die neue Arbeit und erlernte kaufmännische Grundsätze. Er genoss das vornehme Ambiente in der Hauptverwaltung im Herzen der Stadt und schätzte den inspirierenden Blick aus seinem Bürofenster auf die Binnenalster. Schon bald hatte er sich gut eingearbeitet und konnte als Assistent von Albert Ballin Erfahrungen sammeln, die ihm später einmal noch sehr wichtig werden würden.

Er fühlte sich wohl, wenn er arbeitete, am Abend aber rastlos und leer. Anfangs zog er einsam durch die nächtlichen Gassen von St. Georg bis zur Elbe, zum Hafen, wo die großen Schiffe lagen, um ihre Ladung zu löschen und darauf warteten, erneut eine lange Reise quer über den Erdball anzutreten. Mit der Zeit wurden seine nächtlichen Streifzüge ausgedehnter, es zog ihn nach St. Pauli und weiter bis Altona im Westen.

Am meisten mochte er den Spielbudenplatz. Die ehemaligen hölzernen Buden waren schon lange durch feste Bauwerke mit eindrucksvollen Fassaden ersetzt. Hier gab es Theater, Konzerthäuser, Biergärten – hier schlug das Herz der Stadt und Hans Berger suchte den Pulsschlag, das warme Leben, das er so vermisste. Und so verlor er sich mehr und mehr in den schäbigen Hinterzimmern scheinbar nobler Etablissements und kaufte sich Frauen und Alkohol, um seine Einsamkeit im Rausch der Sinne zu vergessen und sich schließlich nur noch leerer zu fühlen, wie ein zerbrechliches, tönernes Gefäß, das allein aus alter Gewohnheit am Fenstersims stand statt weggeworfen zu werden.

Hans Berger führte zwei Leben. Am Tage das Leben des erfolgreichen Kaufmanns. Und in der Nacht verwandelte er sich in jemanden, den er bei Tag nicht einmal angesehen hätte. Dennoch faszinierte ihn dieses Nachtleben mit all den geheimnisvollen Menschen, die ihre dunkle Traurigkeit ebenfalls nur unzulänglich zu übertünchen wussten. Er trank mit Seeleuten, die im Sturm Kap Hoorn passiert hatten, mit solchen, die in der Südsee von wilden Insulanern überfallen worden waren und mit anderen, deren Herz bei einer schönen Frau auf der anderen Seite der Welt zurückgeblieben war. Mit der Zeit fand er heraus, wer tatsächlich zur See fuhr und wer allenfalls am Hafen oder in einer Seilerei arbeitete. Vom Fernweh waren alle befallen, diesem unwiderstehlichen Drang, alles hinter sich zu lassen und neue Welten zu erobern – und wenn es nur das dunkelhäutige Mädchen oder die geheimnisvolle Asiatin am Gänsemarkt war. Mit Geld konnte in Hamburg alles gekauft werden, allein: Daran fehlte es den meisten Menschen in der Stadt, die bettelarm ihren Lebensunterhalt bestreiten mussten. Familien mit bis zu zehn Kindern in Wohnungen, die aus kaum mehr als einer Küche und einer Stube bestanden, waren keine Seltenheit, und die Eltern hatten größte Mühe, alle Mäuler satt zu bekommen. Daher war es üblich, alle, die konnten, zur Ernährung der Familie heranzuziehen – Väter arbeiteten in Fabriken oder Warenhäusern, Mütter nähten zu Hause oder verkauften ihre Körper, und auch die Kinder mussten zusehen, wie sie Geld nach Hause brachten – und sei es durch Stehlen. Manche fanden Beschäftigung als Laufburschen oder Handlanger in allen denkbaren Gewerben. Besonders für die Mädchen war es schwer. Wer alt genug war, konnte sich in einem der vornehmen Bürgerhäuser als Hausmädchen verdingen. Berger selbst beschäftigte eine junge Frau aus Borgfelde, die sich um seinen Haushalt kümmerte. Ihr gegenüber verhielt er sich großzügig und ritterlich, wie man es von einem Mann in seiner Stellung erwartete. In der Nacht, bei anderen jungen Frauen, war er nicht immer so großzügig und ritterlich – und vermutlich erwartete man auch das von einem Mann wie ihm nicht anders.

Was Hans Berger an Hamburg liebte, war das Wasser, der Geruch von Kaffee und Gewürzen und die guten Zigarren, die frisch aus der Karibik in die Hansestadt geliefert wurden. Bislang hatte er Zigarren nur deshalb geraucht, weil es schick war und ihn vom einfachen Volk, das Zigaretten rauchte, unterschied. In Hamburg lernte er, dass es große Unterschiede bei Zigarren gab, und richtig edle Zigarren schmeckten ihm sogar sehr gut, während die billige Handelsware, die er schon in Eberbach geraucht hatte, allenfalls bitter war und jede Menge Rauch erzeugte. Eine feine dominikanische Zigarre hingegen war für ihn ein Hochgenuss, der ihm ein reueloses Vergnügen bescherte. Berger lernte, dass sie ihren Geschmack, ihr Aroma und ihre Feuchtigkeit behielten, wenn sie in einem Humidor aufbewahrt wurden. Die Vorliebe für solches Rauchwerk behielt er bis ins hohe Alter.

Doch die Hamburger Zeit war lediglich eine Etappe im Leben von Hans Berger. Während die Menschen in seiner Heimat davon ausgingen, dass er jetzt für immer in Hamburg bleiben würde – es wurde viel über ihn geredet, aber wie so oft war kaum etwas über ihn bekannt –, war das Engagement bei der Hamburg-Amerika-Linie nur eine kurze Episode geblieben. Denn der Wehrpflicht entkam ein junger Mann im deutschen Kaiserreich nicht, auch wenn ihn noch so große Begabungen auf anderer Ebene auszeichneten. Wehrpflichtige mit einem höheren Schulabschluss konnten nach freiwilliger Meldung den Wehrdienst in einem Truppenteil der Wahl als Präsenzdienst leisten. Nach dem Abschluss der Grundausbildung stand der Weg zum Reserveoffizier offen. Damit konnte Berger zwar nicht mehr den Weg des Berufssoldaten, wie seine Vorfahren ihn ausgeübt hatten, einschlagen, aber als Offizier einer Landsturmeinheit stand ihm im Kriegsfall die Möglichkeit offen, ebenso wie Vater und Großvater zu Ruhm und Ehre – oder zu Tode – zu kommen.

Hans Berger hatte vorgesorgt und sich schon vor seiner Reise nach Hamburg für das Einjährige verpflichtet.

Wehrdienst

Gleiwitz, inmitten des Oberschlesischen Industriegebiets. Hier hatte die Königlich Preußische Eisengießerei ihren Sitz, hier gab es zahlreiche Hochöfen, Ziegelbrennereien, Sägewerke, Kalkbrennereien, Glaswerke, Druckereien, eine Asphalt- und eine Papierfabrik – kurz, hier schlug das Herz der östlichen deutschen Industrie. Und während in Hamburg der Duft der weiten Welt wehte, hing über Gleiwitz der schwarze Ruß der modernen Zeit. Doch neben den Schattenseiten dieser Moderne genoss Gleiwitz auch deren Vorzüge. Eine Straßenbahnlinie erschloss die Stadt, und neugotische und neobarocke Bauten wie die Peter-Paul-Kirche, das Postgebäude, das Theater und das Hotel Schlesischer Hof prägten ihren Charakter. Außerdem war Gleiwitz am Ende des 19. Jahrhunderts ein Zentrum des Bankenwesens.

Hans Berger war mit dem Zug angereist. Von Hamburg über Berlin, Frankfurt/Oder, Breslau und Oppeln erreichte er schließlich Gleiwitz. Als er am Bahnhof ausstieg, bemerkte er, dass hier etwas komplett anders war als in Hamburg. Als er eine Droschke vor dem Bahnhofsplatz besteigen wollte, begriff er, was es war: Der Kutscher sprach polnisch.

In der Provinz Schlesien lebte eine sehr große polnische Minderheit. Während es in den Regierungsbezirken Liegnitz und Breslau kaum Polen gab, war im Regierungsbezirk Oppeln die überwiegende Mehrheit der Bewohner polnischsprachig, und im Reichstag von Berlin saß eine Fraktion polnischer Parlamentsabgeordneter, zwar nur ein gutes Dutzend, aber immerhin so viele, dass sie sich bisweilen mit eigenen Anliegen bemerkbar machen konnten. Und in der Region selbst war dieser polnische Einfluss, nicht nur der Sprache wegen, deutlich sichtbar. Im evangelischen Schlesien wirkten die katholischen Elemente, die Bildstöcke, die katholischen Priester auf den Straßen, die alten Frauen, die sich bekreuzigten, wenn ihnen etwas nicht ganz geheuer erschien, auf Hans wie Relikte einer längst vergangenen Zeit. Die Städte Gleiwitz, Kattowitz, Ratibor und Königshütte waren lediglich deutsche Inseln, während die meisten anderen Städte und die Landkreise polnisch geprägt waren. Dies war Hans bislang noch nie so richtig bewusst gewesen. In der Schule hatte man immer so von Deutschland gesprochen, als ob hier nur Deutsche leben würden, doch ganz offensichtlich war das nicht so, sondern es gab in Deutschland Regionen, die so überhaupt nicht deutsch waren.

Doch als er die Spätsommersonne über der Stadt stehen sah, die ihre warmen Strahlen auf die Dächer der Häuser legte, war es ihm vollkommen gleichgültig, ob man in den Häusern deutsch oder polnisch sprach.

Hans Berger sah keineswegs so aus wie ein Mann, der im Begriff war, seinen Wehrdienst anzutreten. Er trug einen schwarzen Cut, eine graue Weste, ein weißes Hemd mit schwarzer Krawatte, dazu graue Hosen, schwarze Lederschuhe und einen schwarzen Zylinder. Mit Zigarre im Mund und kleinem Reisekoffer in der Hand stand er vor den Ulanen-Kasernen in der Teuchertstraße, zeigte den verwunderten Wachsoldaten seinen Ausweis und die Musterungspapiere. Wieso jemand wie Berger sich als Freiwilliger zu den Ulanen gemeldet hatte, begriffen sie nicht. Die Ulanen, die berühmte Kavallerieeinheit, die ursprünglich mit langen Lanzen, ab dem späten 19. Jahrhundert allerdings mit Karabinern bewaffnet war. Lanze und Säbel jedoch blieben weiterhin im Gebrauch – nur die Offiziere trugen zusätzlich eine Pistole.

Die nächsten Wochen genoss Hans Berger, denn die Grundausbildung forderte ihn körperlich derart stark, dass er sich nur wenig Gedanken um den Sinn des Lebens im Allgemeinen und den Sinn seines eigenen Lebens im Besonderen machen musste. Am Morgen beim Wecken in der Dunkelheit war er noch müde und spät am Abend sank er wieder müde ins Bett. Dazwischen lagen lange Märsche durch die schlesischen Ebenen und lange Märsche durch die schlesischen Berge, vor allem im Reichensteiner Gebirge und dem Glatzer Schneegebirge. Zusätzlich erschöpfte endloses Exerzieren auf dem Kasernenhof seine Kräfte und er wunderte sich immer wieder selbst darüber, wie es ihm gelang, durchzuhalten

Doch endlich fühlte er sich einmal so richtig gefordert. Er musste an seine Grenzen und darüber hinaus gehen, ohne dass er davonlaufen oder kneifen konnte. Er liebte es, durch Gottes Natur zu marschieren, die Sonne, den Regen, den Schnee, den Wind, die Kälte zu spüren, endlich hatte er das Gefühl zu leben, spürte ein Gefühl der vollkommenen Freiheit. Und endlich war er nicht der Sohn des „Helden von Sedan", nicht der Musterschüler, dem alles mühelos zuflog, nicht der Kaufmann, der instinktiv wusste, was das Richtige war und aus all diesen Gründen bestenfalls gefürchtet war. Hier in der Ulanen-Kaserne in Gleiwitz war er einer von vielen und dennoch einer der ihren. Er machte die Erfahrung, dass alle Menschen gleich waren, egal ob sie aus Bürgerhäusern stammten oder aus einer Tagelöhnersiedlung, ob sie Deutsche oder Polen, ob sie evangelisch, katholisch oder jüdisch waren. Sie alle schwitzten und froren gemeinsam, hungerten und dürsteten gemeinsam, hatten allesamt Blasen an den Füßen vom langen Wandern, verfluchten die Schießübungen mit den alten Gewehren und liebten das Reiten auf den edlen ostpreußischen Trakehnern, das nach ein paar Wochen elementarer Bestandteil der Grundausbildung wurde. Nicht nur die Uniform machte alle gleich, die Kompanie wurde zur verschworenen Gemeinschaft, deren Stärke es war, dass jeder für den anderen einstand. Wer nicht mehr laufen konnte, wurde von den Kameraden gestützt, wer nichts mehr zu trinken hatte, bekam etwas von seinem Nachbarn im Glied und wer drohte zurückzubleiben, wurde wieder aufgemuntert und unterstützt. Die Enge in den feuchten Kasernenstuben mit jeweils zwei Dutzend Rekruten, vor der Berger sich gefürchtet hatte – hatte er doch in den vergangenen Jahren immer ein eigenes Zimmer besessen – förderte dieses Gemeinschaftsgefühl sogar noch. Irgendwie verband diese nächtliche Enge die jungen Männer – und Hans Berger konnte seit langer Zeit wieder ungestört erholsamen Schlaf finden. Hamburg war plötzlich weit weg, als wären es Jahrzehnte und nicht nur Wochen, seit er die Stadt verlassen hatte, und die Erinnerung versank im Schatten der Vergangenheit.

In seiner Kompanie waren außer ihm selbst der angehende Zahnarzt Gerhard Hagemann aus Kattowitz und Henryk Pawelczyk aus Pleß, der die von seinem Vater gegründete erste polnischsprachige Zeitung in Oberschlesien „Tygodnik Polski Poświęcony Włościanom" noch erfolgreicher machen wollte. Beide waren einjährige Kandidaten, die das Avancement zum Reserveoffizier anstrebten. Mit ihnen verstand sich Berger hervorragend. Mit Pawelczyk sprach er lieber Französisch, da sie sich damit besser verständigen konnten als mit der deutschen Sprache – kein Wunder übrigens, weil Berger am liebsten breitestes Kurpfälzisch sprach und das Deutsch des Polen einen in seinen Ohren kaum eingängigen Klang hatte. Alle drei waren sich übrigens einig darin, zum Reservehauptmann aufsteigen zu wollen, ein Rang, den Einjährige-Freiwillige in der Regel auch nach vielen Jahren Reserve nur selten erreichten. Dafür war es umso mehr ein Ansporn, dieses Ziel im Blick zu haben.

Hans Berger hatte sich also entschieden, weder Berufssoldat zu werden noch den regulären Wehrdienst zu absolvierten. Denn zu Reserveübungen würde er ohnehin in den nächsten Jahren herangezogen werden, da war es ihm lieber, als Reserveoffizier Verantwortung zu übernehmen, statt nur einfacher Soldat zu sein.

In der Reserve

Ein Jahr später kehrte Hans Berger nach Hamburg zurück, nur um festzustellen, dass er sich in der großen Stadt nicht mehr zurechtfand. Sein früheres Leben wollte er nicht wieder haben, diesen Spagat zwischen Geschäftsleben und Nachtschwärmerei, dieses nimmermüde Suchen nach dem Sinn des Lebens außerhalb des großen Geldes, der Frauen und des Alkohols, nur um immer wieder bei diesen dreien die letzte Zuflucht zu finden. Das Leben hatte sich verändert, Hamburg hatte sich verändert und auch Hans Berger selbst hatte sich verändert.

Nach nur wenigen Wochen wurde ihm bewusst, dass er eine neue Herausforderung brauchte. Die Hamburg-Amerika-Linie, trotz der erfolgreichen Zukunft, die ihm vorgezeichnet war, erfüllte ihn in keiner Weise, hatte es noch nie getan und würde auch nie sein Leben werden. Hans spürte mehr denn je, dass er ein Landkind war, das den Kontakt zur Scholle brauchte wie die Luft zum Atmen. Weniger war es Heimatverbundenheit, vielmehr das naturgeprägte Leben, der Geruch von Erde, von frisch geschnittenem Gras, das schleifende Geräusch des Wetzsteins auf der Sense, das feuchte Schnauben der Kühe, das Schnattern der Gänse am Dorfteich und das helle Lachen der Kinder unter dem Apfelbaum. Städte hingegen waren nach Bergers Ansicht grau. Die Menschen wirkten gehetzt, ihre Augen leer und ihre Gesichter zerfurcht von metallener Arbeit. Und selbst in den großen Büros waren die Menschen getrieben, rast- und ruhelos und müde der ziellosen Eile. Es war alles nur Stückwerk, sinnloses Beschreiben von Papier, monotone Handgriffe, ohne zu wissen, was daraus wächst. Wie viel mehr konnte der Dorfhandwerker begreifen, was aus seiner Hände Arbeit entstand, ein Landwirt die selbst gesäte Frucht auf den Äckern wachsen sehen und die Ernte einholen, der Lebenskreis, der Lauf der Jahreszeiten, alles hatte seine Ursache und sein Ziel. Auch wenn die Arbeit und das Leben hart waren, so erfüllten sie die Menschen als Grundstein zum Glück.

Dieses Glück konnte Hans Berger nicht in der Stadt, nicht in Hamburg, nicht in den palastgroßen Häusern und staubigen Schreibstuben finden. Er verdiente zwar viel Geld und hätte leicht noch viel mehr verdienen können, doch Geld machte ihn keineswegs glücklich, sondern führte ihn an den Abgrund heran. Und Hans Berger hatte bereits so weit in diese unendliche Tiefe geblickt, dass er sich erschrocken abwenden musste, um nicht unrettbar hinabgezogen zu werden: in seiner ersten Hamburger Zeit, als er fast jede Nacht den Reiz des Verbotenen suchte, jene Abenteuer, die nur mit Geld zu bezahlen waren und dennoch keine Befriedigung verschafften – Frauen, neumodische Drogen und jede Menge Alkohol. Damals hatte er versucht, sich den Reichen und Einflussreichen anzubiedern, dazuzugehören zu dem exklusiven Kreis, der alle anderen, die eben nicht Teil dieser Elite waren, mit Verachtung strafte.

Damals hatte er versucht, den Verlust von Anna, die Schuld am Tod Gustav Röders im Rausch der Sinne zu betäuben, zu vergessen, zu eliminieren – es war ihm freilich nicht gelungen. Im Gegenteil, seine Schuldgefühle wuchsen immer weiter an.

In all diesen Tagen der zweiten Hamburger Zeit wurde er daran erinnert, dass des Kaisers Armee noch lange Jahre seine zweite Heimat sein würde. Für ihn als einjährigen Reserveoffizier sollte die Verbindung viel stärker bleiben, als ihm zunächst bewusst war. Warum er die preußische Armee bevorzuge, da er doch als Badener in einem großherzoglichen Regiment dienen müsste, wurde er einmal gefragt. „In Baden", sagte er, „bin ich nur der Sohn des ‚Helden von Sedan'. Mein Weg wäre vorgezeichnet, ich aber will meinen eigenen Weg gehen."

Dass man Reserveeinheiten des Landsturms als ganz besondere Truppe nicht mit regulären Einheiten vergleichen konnte, lernte Hans Berger bereits am ersten Tag als Kompaniechef einer solchen Einheit. Der Einberufungsbescheid zur Reserveübung führte ihn, inzwischen Leutnant, in die Garnisons- und Grenzstadt Hadersleben in Nordschleswig – und damit wiederum in eine preußische Provinz, die nicht durchweg deutsch geprägt war. Das Herzogtum Schleswig, bis in die Mitte des 19. Jahrhunderts unter der dänischen Krone stehend, kam erst nach dem Deutsch-Dänischen Krieg zum Deutschen Reich. Vor allem die nördlichen Landesteile waren mehrheitlich von Dänen bewohnt, die lieber heute als morgen wieder Untertanen des dänischen Königs Christian IX. geworden wären. Denn die Politik der Preußen fiel deutlich restriktiver aus, als es die Menschen im dänischen Vielvölkerstaat der damaligen Zeit gewohnt waren. Während dort jeder seine jeweilige Muttersprache nutzen konnte, sorgten die Preußen dafür, dass Deutsch als alleinige Amtssprache verwendet wurde. Auch an den Schulen wurde ausschließlich auf Deutsch unterrichtet. Lediglich ein paar Stunden Religionsunterricht waren in dänischer Sprache erlaubt.

In diesem spannungsgeladenen Umfeld sollte Hans Berger nun eine Landsturmkompanie, deren Loyalität dem Kaiser gegenüber allenfalls fragwürdig war, anführen. Nach einem ersten Manöver, gleich im Anschluss an das Einjährige – also seine reguläre Wehrpflichtzeit in Gleiwitz – wurde Berger zum Vizefeldwebel und kurz danach, während der zweiten Reserveübung, bestand er die Offizierswahl und wurde zum

Leutnant der Reserve ernannt. Er hätte niemals vermutet, welch enorme Möglichkeiten ihm die Ernennung zum Reserveoffizier bot. Ein preußischer Offizier wog ganze Heerscharen von Würdenträgern auf und ein Reserveoffizier war nahezu ebenbürtig. Die Anerkennung, die im öffentlichen Leben einem preußischen Offizier zuteilwurde, übertraf seine Vorstellungskraft. Er genoss eine weit höhere Autorität als ein Lehrer, Arzt oder gar Geistlicher. Sein Wort hatte nahezu Gesetzeskraft. Sein Rat wog schwer und der Respekt, mit dem die Menschen einem Offizier gegenübertraten, wirkte auf Berger schon fast erschreckend.

Leutnant der Reserve Hans Berger erreichte an einem regnerischen Herbsttag das Städtchen Hadersleben. Gegen Abend traf er in der Kaserne ein, einem wuchtigen Backsteinblock mit akkuraten Fensterreihen und der preußischen Fahne über beiden Türmchen in der Gebäudemitte. Dort wurde er von Major Müller empfangen, einem untersetzten und glatzköpfigen Offizier mit schneidender Stimme und freundlichen Augen.

„Berger, der Landsturm hier besteht aus dickköpfigen dänischen Bauern und Fischern. Machen Sie ihnen klar, wer in Deutschland das Sagen hat. Und verbrüdern Sie sich nicht zu sehr beim Schnaps trinken!", gab er dem frischgebackenen Leutnant als Warnung mit auf den Weg.

„Major", erwiderte Berger, „keine Sorge, ich weiß mit Bauern und Fischern umzugehen, schließlich bin ich selbst ein Bauer."

Müller sah ihn verwundert an.

„Sie müssen doch die Oberschule besucht haben, wenn Sie Offizier sind."

„Auch ein Bauer kann die Oberschule besuchen. Und ein Bauer kann ebenfalls ein leitender Angestellter bei der Hamburg-Amerika-Linie sein, sowie ein guter Offizier, denn ein Bauer hat eine wichtige Eigenschaft: Er steht mit beiden Füßen auf der Erde."

Am kommenden Morgen, nach einer kurzen, traumreichen Nacht – einmal mehr tanzte Anna Salomon durch Bergers Traumwelt – , nach ausgiebigem Frühstück im Offizierskasino – Bohnenkaffee und Brot mit Schwarzwurst –, einem kurzen Gebet in der kleinen Garnisonskapelle und einem Hauch herbstlicher Morgensonne trat Hans Berger in den Kasernenhof vor die Kompanie. In lockerer Reihe standen da ältere Landsturmsoldaten mit akkurat sitzender Uniform, glänzender Pickelhaube, altmodischen Tornistern mit aufgebundener Decke, verbeultem Kochgeschirr und ausnahmslos stoischem Gesichtsausdruck, als wolle man sich von einem jungen Reserveoffizier bestimmt nicht den

Schneid abkaufen lassen. Männer, die teilweise Bergers Väter hätten sein können und überwiegend kurz vor dem Ausscheiden aus dem aktiven Wehrdienst standen.

Reserveübungen reiner Landsturmkompanien waren recht selten, denn in der Regel endete der Wehrdienst mit dem Ausscheiden aus der Landwehr im Alter von 39 Jahren. Der Landsturm als reine Verteidigungseinheiten wurde nur im Kriegsfalle einberufen. Doch in Ausnahmefällen – und ein solcher war Nordschleswig – musste der Landsturm noch regelmäßig zu Manövern ausrücken, gab es doch Befürchtungen, die Dänen könnten sich das vor ein paar Jahren verlorene Territorium wieder zurückholen wollen.

Berger ließ sich keineswegs von den mürrischen Männern beeindrucken, stellte sich vor und fasste sich kurz. Nach wenigen Minuten hatte er erläutert, wohin die Reise gehen sollte – ein paar Kilometer nach Norden bis kurz vor der Grenze – und einen renitenten Soldaten mit langem Bart im Laufschritt quer über den Kasernenhof gejagt, um ihn davon abzuhalten, zukünftig seine vorlaute Stimme beim Appell zu erheben. Und dann marschierten sie los, in Dreierreihen und zunächst im Gleichschritt, sobald sie aber die kleine Stadt hinter sich gelassen und von der Straße auf einen schmalen Feldweg eingebogen waren, ohne Tritt, also nicht mehr im Gleichschritt. Berger lief voraus, genüsslich eine Zigarre rauchend – was wiederum ganz unmilitärisch war und fast subversiv erschien. Nach einer Weile wurde es etwas unruhig, als die Kompanie durch die abgeernteten Felder zog. Da gab Berger ein Zeichen zum Lied, und singend ging es weiter bis zu einem kleinen Bach, wo er sie rasten ließ. Hinter dem Tross zog ein altersschwacher Esel einen Küchenkarren, wo jetzt ein dicker Koch mit Glatze und eindrucksvollem Schnurrbart stand, Suppe aus einem Kessel schöpfte und Brot verteilte.

Gegen Abend wollte Berger sein Ziel, ein kleines Wäldchen, erreichen. Dort sollten die Zelte aufgebaut werden und die Männer einen Schützengraben ausheben, um potenzielle dänische Angreifer zurückzuschlagen. Berger versprach den Männern eine Zusatzration Bier, falls sie ihre Aufgabe gut machten und drohte an, andernfalls Bier und Fleisch zu streichen.

Es ist nicht sehr viel von Bergers Reserveübungen bekannt, nur soviel: Gutes Bier floss reichlich. Und es fiel ihm ziemlich schwer, anschließend in sein ziviles Leben nach Hamburg zurückzukehren.

Agnes

Sie war eine zierliche Frau, klein von Wuchs, mit blauen Augen und strohblonden Haaren, die in einer modernen Frisur, die Gibson Tuck genannt wurde, zu einer Art Knoten hochgesteckt waren, so dass der Nacken unbedeckt blieb ... es war diese Frau, die Hans Berger aus seiner Monotonie herausriss. Die Art, wie sie sich bewegte und lächelte, nahm ihn gefangen. Agnes Keller vermochte es als erste Frau seit vielen Jahren, seine Aufmerksamkeit zu wecken. Seine volle Aufmerksamkeit und nicht nur seine sexuellen Gelüste.

In den vielen Jahren, nachdem Anna Salomon nach Palästina gegangen war, hatte er das Interesse an Frauen zunehmend verloren und schon geglaubt, sein weiteres Leben als Hagestolz zu fristen; selbstverliebt, eitel und arrogant, haltlos durchs Leben treibend, um endlich den unausweichlichen Weg zum Grab zu schleichen. Hans Berger hatte sein Herz an diese unglaubliche Jüdin verloren und es niemals wieder gefunden. Doch sein Verstand war ihm geblieben: schärfer, klarer und wacher als jemals zuvor. Und dieser Verstand sagte ihm, dass Agnes Keller die Frau war, die ihr Leben an seiner Seite verbringen sollte. Auch wenn er zu der Liebe zu einer Frau nicht mehr in der Lage war, so wohl doch zu einer nutzbringenden Partnerschaft.

Agnes Keller war die einzige Tochter des wichtigsten Industriellen Eberbachs und bei den Männern im gesamten Neckartal und darüber hinaus sehr begehrt. Doch in den Augen ihres Vaters, des Kommerzienrats Hermann Keller, waren die potenziellen Heiratskandidaten bislang weder intellektuell noch persönlich geeignet, seine Tochter glücklich zu machen, und, wichtiger noch, eines Tages die Keller-Werke zu leiten.

Begonnen hatte sein Vater Daniel Keller in der Mitte des 19. Jahrhunderts mit einem Sägewerk in einem Seitental des Neckars. Sohn Hermann erweiterte den Betrieb um eine Maschinenfabrik, die sich auf die Fertigung von Landmaschinen versah, und kaufte ein oberhalb des Sägewerks gelegenes Hammerwerk. Mehr und mehr wuchsen das Firmengelände und die Belegschaft, die um die Jahrhundertwende fast tausend Mitarbeiter umfasste. Hermann Keller betrieb den ersten Lastkraftwagen der Stadt, einen Daimler Motor-Lastwagen mit 6 PS, und im Jahr 1900, als die Neckarbrücke fertiggestellt wurde, folgte ein Benz-Lastwagen, um die Keller'schen Waren zum Bahnhof und in die umliegenden Ortschaften zu transportierten.

Hermann Keller war ohne Zweifel der wichtigste Mann Eberbachs; größter Arbeitgeber, Stadtrat, Förderer der Künste und Wissenschaft mit besten Beziehungen zu Politik, Wirtschaft, Gesellschaft bis hin in die großherzogliche Residenz. Er war Mitglied der Freisinnigen Volkspartei und hoffte, bei der kommenden Reichstagswahl einen Sitz in Berlin zu gewinnen. Als konsequenter Verfechter des Manchesterliberalismus sah er im Freihandel den Schlüssel zu mehr Wohlstand, und in dem Maße, in dem seine Firma wuchs, wuchs sein Wohlstand und damit auch der Wohlstand seiner Mitarbeiter und somit der Wohlstand der Region.

Keller verachtete die nationalkonservative Elite, die mit protektionistischen Beschränkungen den Fortschritt und Frieden gefährdete. Insofern waren ihm der Kaiser und das preußische Berlin suspekt, doch das Großherzogtum Baden war schon immer ein Hort des Liberalismus gewesen. So konnte das Gemeinwesen im Umfeld des Pragmatismus gedeihen und regionale Entscheidungen hatten meist mehr Gewicht als solche, die von fernen Regierungsorganen ins badische Hinterland drangen.

Vor diesem Hintergrund gedieh die kleine Stadt am Neckar. Nicht nur mehr der Handel, sondern vor allem Produktionsstätten konnten sich hier entwickeln, eine Zigarrenfabrik, Drahtwaren- und Maschinenfabriken, Rosshaarspinnereien boten auch den Menschen aus dem Umland eine Existenzmöglichkeit, und mit dem beginnenden 20. Jahrhundert kamen zahlreiche

Großbetriebe in den Seitentälern des Neckars hinzu.

Diese Entwicklung war auch Hans Berger nicht verborgen geblieben, der sich im letzten Jahrzehnt des 19. Jahrhunderts lieber bei Manövern aufgehalten hatte – was ihn tatsächlich noch vor der Jahrhundertwende zum Hauptmann werden ließ –, als seiner Arbeit nachzugehen.

Von Hamburg war er recht bald zurück in den Odenwald gekehrt, allerdings nicht nach Eberbach, sondern nach Heidelberg, wo er eine Stelle bei der Großherzoglich Badischen Eisenbahn angetreten hatte und für die Neubeschaffung von Lokomotiven verantwortlich war. Damals wurde in Baden die Baureihe IVe eingeführt: eine Universallokomotive, die sowohl für den Schnellzugdienst in der Rheinebene als auch für die Steigungsstrecken im Schwarzwald und Odenwald sehr gut geeignet war. Gebaut wurden diese Dampflokomotiven von der Elsässischen Maschinenbau-Gesellschaft Grafenstaden bei Straßburg. Die Eisenbahn hatte Berger schon immer fasziniert, und im Beschaffungsamt der Badischen Staatseisenbahnen konnte er sein in Hamburg erworbenes Wissen und seine Fähigkeiten optimal nutzen, vor allem durch seine effiziente Arbeitsweise, die sich auch auf die Organisation des Amtes auswirkte. Hans Berger war zwar Kaufmann, doch er hätte gleichwohl einen hervorragenden Ingenieur abgegeben, und recht bald hatte sich herumgesprochen, dass er von Lokomotiven mindestens genauso viel verstand wie die eigentlichen Fachleute.

Nun war es die Freimaurerloge „Alt Heidelberg", die eine entscheidende Wendung in seinem Leben brachte. Berger, zum Meister erhoben, war eine der wichtigsten Stimmen der Loge geworden, die auch außerhalb gehört wurde. Kommerzienrat Hermann Keller war zwar kein Freimaurer, allerdings ein guter Freund Ernst Webers, des Heidelberger Meisters vom Stuhl. Und dieser machte Keller auf Berger aufmerksam. Keller wiederum plante, seinen Betrieb zu einem Imperium auszubauen, und hierzu brauchte er einen fähigen Mann, der in der Lage war, Chancen zu erkennen und zu ergreifen, der erfahren in internationalen Handelsangelegenheiten war und über Charisma verfügte.

Und so fügte es sich, dass Hans Berger zum jährlichen Sommerfest in die Keller'sche Villa am Eberbacher Stadtrand eingeladen wurde. Berger war klug genug, diese Einladung nicht auszuschlagen, obwohl ihm der Hintergrund völlig unklar erschien. Das Wandeln auf gesellschaftlichem Parkett war ihm im Laufe der Zeit zur Selbstverständlichkeit geworden, und so reiste er ohne Hintergedanken, jedoch mit einer gewissen Spannung in die Stadt seiner

Kindheit und Jugend, die sich in den vergangenen 20 Jahren vom verschlafenen Nest im Neckartal zu einer zukunftsorientierten Kleinstadt entwickelt hatte.

Kellers Villa, ein prunkvoller Bau im neobarocken Stil, wirkte ziemlich großstädtisch und in dem beschaulichen Eberbach eher deplatziert. Berger war amüsiert über die Diener mit ihren lächerlichen Livreen und weißen Handschuhen, die hinter jeder Türschwelle und jeder Säule des Hauses zu stehen schienen. Junge Mädchen in safrangelben Hauben und Schürzen servierten Getränke, und ein großes Büffet im Tanzsaal beeindruckte mit einer unendlichen Vielzahl an Leckereien. Auf einer kleinen Empore saßen die Musiker eines Heidelberger Kammerorchesters und untermalten den Anlass mit passenden Melodien. Als Gäste waren neben den Honoratioren der Stadt vor allem Wirtschaftsgrößen aus dem ganzen Reich sowie wichtige Personen aus Kultur und Politik samt Gattinnen gekommen. Keller wusste, wie man Kontakte knüpfte, sie pflegte und auch nutzte.

Hans Berger wusste dies ebenfalls, doch er interessierte sich in erster Linie für die junge Frau, die federleicht über das eichene Parkett schwebte und aus der großen Masse der Weiblichkeit hervorstach: Agnes Keller. Es dauerte nicht lange, da hatte er in Erfahrung gebracht, wer sie war, und es dauerte nicht viel länger, bis er sie in ein Gespräch verwickelt hatte. Es gefiel ihm, dass sie trotz ihrer Jugend – Agnes war damals gerade achtzehn Jahre alt und damit mehr als zehn Jahre jünger als Berger – pointierte Antworten zu geben wusste und vor ihm keinerlei Respekt zeigte. Und so fügte es sich, dass Bergers Interesse an Agnes in dem Maße wuchs, wie ihr Vater Gefallen an ihm fand.

Hochzeit

Die Trauung fand im Juni des Jahres 1902 in der evangelischen Michaelskirche statt. Diese spätklassizistische Hallenkirche stand am Ende der Bahnhofstraße, die sich in der zweiten Hälfte des 19. Jahrhunderts zur repräsentativen Prachtstraße entwickelt hatte, jedenfalls für kleinstädtische Verhältnisse. Dass dem jungen Paar bereits im Dezember des gleichen Jahres der kleine Friedrich geboren wurde, sorgte allenfalls hinter vorgehaltener Hand für Diskussionen. Grundsätzlich wurden solcherlei Vorkommnisse in liberalen Bürgerkreisen nicht hinterfragt.

Die Hochzeit von Hans Berger und Agnes Keller war das Ereignis des Jahres und fand Beachtung über den Odenwald hinaus. Schließlich heiratete einer der begehrtesten Junggesellen des Reichs eine der begehrtesten Töchter des Großherzogtums Baden. Und so wurde die Hochzeitsfeier zum Stelldichein aller relevanten Vertreter aus der Gesellschaft. Bergers Mutter und seine Großeltern, inzwischen hochbetagt, aber alle noch bei guter Gesundheit, waren glücklich, ihren Hans nun doch endlich im Hafen der Ehe zu wissen. Genauso glücklich waren sie über den Umstand, dass er endlich wieder in ihrer Nähe wohnte.

Hermann Keller hatte für seine Tochter eine Jugendstilvilla nach ihrem Geschmack in sonniger Lage am Hang über den Keller-Werken errichten lassen, die auch Hans Berger mehr und mehr zu schätzen wusste – besonders die Annehmlichkeiten durch die Heerscharen an Dienstboten fand er beeindruckend, hatte sich Berger doch bislang mit allenfalls einer Köchin und einem Dienstmädchen begnügt.

Die Beziehung zu seiner Frau war für Hans Berger von Anfang an durch Rationalität geprägt. Beide wussten, dass ihre Partnerschaft beiden zum Vorteil gereichte. Agnes war eine Frau, die einem Mann wie Berger eine wertvolle Partnerin in vielerlei Hinsicht war und Hans war ein Mann, wie ihn sich eine Frau wie Agnes nur wünschen konnte – einfühlsam, zuverlässig, eloquent, großzügig und bewundernswert.

„Gehst du mit den Dienstmädchen ins Bett?", fragte Agnes ihren Mann eines Tages unvermittelt beim Frühstück.

Hans sah sie lächelnd an, stellte die geblümte Kaffeetasse auf den Unterteller und antwortete ihr in der Offenheit, die für ihre Beziehung typisch war: „Ich habe in meinem Leben mit so vielen Frauen geschlafen. Und meistens war es nur ein kurzes Vergnügen für mich und leidvoll für die Mädchen." Er sah ihr in die Augen.

„Nein, Agnes, ich habe weder das Bedürfnis noch die Absicht, unsere Angestellten oder sonst irgendeine Frau zu verführen. Du bist meine Ehefrau, und wenn es sich ergibt, dann ist es unser beider Angelegenheit, miteinander ins Bett zu gehen."

Mit der Zeit arrangierten sich die beiden immer besser. Hans erweiterte die Firma um eine Stahlgießerei. Dazu verlegte er Eisenbahnschienen bis zum Firmengelände und baute einen Güterbahnhof. Hier kamen Eisenerz, Kohle und Fertigteile an und die Keller'schen Güter gelangten von diesem Bahnhof direkt in alle Provinzen des Reichs und darüber hinaus. Agnes organisierte den Haushalt und initiierte einen Werkskindergarten, der es auch Frauen ermöglichte, zu arbeiten. Daneben war sie in der Frauenbewegung aktiv und propagierte neben dem Frauenwahlrecht die absolute Gleichstellung von Mann und Frau. Das Ehepaar organisierte Wohltätigkeitsveranstaltungen zugunsten sozial benachteiligter Gruppen, unterstützte das Armenhaus mit Geld und Lebensmitteln und war nach einigen Jahren zu einem wichtigen Pfeiler des gesellschaftlichen Lebens geworden.

Allerdings regte sich nach und nach Kritik in Kreisen, denen das Engagement der Bergers deutlich zu weit ging. Konservative und klerikale Gruppen lehnten das Modell einer Gleichberechtigung von Mann und Frau mit der Begründung ab, dass diese gegen eine gottgewollte Ordnung verstieße. Doch Agnes zeigte sich von solcher Kritik nur wenig beeindruckt. Im Gegenteil, sie verstärkte ihre Anstrengungen, reiste nach England, freundete sich mit Christabel Pankhurst an und brachte die Radikalität der britischen Suffragetten nach Baden. Nur die schützende Hand ihres Vaters bewahrte sie in dieser Zeit vor einer Verfolgung durch die Behörden.

Während ihr Verhalten in weiten Kreisen der Bevölkerung Verwunderung hervorrief, stieß Hans auf zunehmende Ablehnung, die bald in Verachtung überging: Ihm wurde sein gutes Verhältnis zur jüdischen Gemeinde Eberbachs immer mehr zum Problem. Er unterstützte offen die Eberbacher Juden bei der Planung einer neuen Synagoge, die schließlich im Jahre 1913 feierlich eingeweiht wurde, und versammelte zahlreiche Juden an maßgeblichen Posten der Firma. Dies wurde von vielen Deutschnationalen nur ungern gesehen und in weiten Kreisen der einfachen Bevölkerung machte sich Unverständnis breit, das bisweilen in blanken Hass umschlug.

„Wieso hängt dein Herz so an den Juden?", wollte Agnes eines Tages wissen.

„Weil unser Heiland ein Jude gewesen war. Außerdem kann ich Ungerechtigkeiten nicht ausstehen. Unsere jüdischen Mitbürger sind

Menschen, wie du und ich." Er hielt kurz inne. „Mein Herz hängt nicht an den Juden", fuhr Hans dann gedehnt fort. Er wusste doch ganz genau, dass sein Herz immer noch an der Jüdin Anna Salomon hing. Anna Salomon, die ihn vor so langer Zeit verlassen, ihm das Herz gebrochen hatte. Vielleicht war es sein schlechtes Gewissen Anna gegenüber, er wusste es nicht. Agnes wusste zwar, dass er damals mit Anna liiert war, jedoch wusste sie nicht, wie wichtig Anna für ihren Mann gewesen war. „Meine jüdischen Freunde sind gute Menschen und noch bessere Mitarbeiter in unserer Firma, in deiner Firma. Es dürfte dir wohl kaum entgangen sein, dass im Judentum das kritische Denken verankert ist, während die angestammte Bevölkerung der Einfachheit halber lieber das glaubt, was ihr von der Obrigkeit oder der Kanzel eingebläut wird."

Ages wurde nachdenklich und nickte nach einer Weile. „Ja, das mag sein."

„Und du musst mir doch zustimmen, dass unsere Finanzen noch geordneter sind und die Firma sich noch ideenreicher entwickelt, seit wir die Österreichers, Löbs und Ottenheimers bei uns haben. Ich verstehe nur nicht, woher der Hass plötzlich kommt. Vor zwanzig Jahren hat es den noch nicht gegeben."

„Damals gab es auch noch nicht so viele Juden hier in Eberbach. Vielleicht gibt es einfach zu viele Juden in der Stadt."

Berger sah sie streng an. „Das glaubst du doch selbst nicht. Du kämpfst für die Gleichberechtigung von Mann und Frau und erkennst die Gleichberechtigung der Juden, die es übrigens in Baden seit fünfzig Jahren gibt, nicht an?"

„Das habe ich nicht gesagt."

„Aber gedacht! Zumindest billigst du diese Sichtweise."

„Nein, ich billige sie nicht. Allenfalls habe ich mich zu wenig mit dieser Materie beschäftigt."

„Dann würde ich dir raten, dies zu tun."

„Und ich würde dir raten", erwiderte sie streng, „unsere Firma nicht in Bedrängnis zu bringen."

Hans lächelte. „Ich bringe allenfalls mich in Bedrängnis. Und damit habe ich Erfahrung."

„Ja, ich weiß. Du lebst nach dem Motto ‚Viel Feind, viel Ehr', aber so viel der Ehre, wie du momentan erfährst, wäre nicht unbedingt notwendig."

„Wie auch immer: Ich bin ab der kommenden Woche für acht Wochen im Feld."

„Dann spiel mal schön Krieg, Herr Major der Reserve!"

Hans Berger wusste zu diesem Zeitpunkt noch nicht, dass aus diesen acht Wochen deutlich mehr werden würden. Er hatte sich, inzwischen 43-jährig, auf ein geruhsames Manöver eingestellt, doch hätte er auch die Wolken am Horizont erkennen müssen, die seit Jahren immer dunkler wurden und sich nun im Großen Krieg entluden.

Die Synagoge

Trotz der teilweise kritischen Haltung mancher Eberbacher war die jüdische Bevölkerung gut gelitten. Aber selbst um die Jahrhundertwende, als sie am zahlreichsten war, machte die jüdische Gemeinde in Eberbach nur gut 2 Prozent der Bevölkerung aus. Ab dem beginnenden 20. Jahrhundert verließen viele Juden die Neckarstadt, viele in Richtung Amerika, andere nach Mannheim, wo die größte jüdische Gemeinde Badens beheimatet war. So blieb die jüdische Geschichte Eberbachs letztlich nur eine Fußnote in der Stadthistorie. Dennoch hinterließ sie Spuren, die selbst die grässlichen Ereignisse ein Vierteljahrhundert später nicht auslöschen konnten.

Bereits 1839 stellte die jüdische Gemeinde einen Antrag an die Stadt Eberbach, eine Synagoge bauen zu dürfen. Dieses Ansinnen wurde seinerzeit aufgrund der „geringen Seelenzahl" bei gleichzeitig hohen Kosten von mindestens 1.500 Gulden abgelehnt. Zehn Jahre später aber konkretisierte sich das Vorhaben dennoch: Die Stadt stellte den Erwerb eines Hauses in der Zwingerstraße in Aussicht, das zu einer Synagoge mit Mikwe umgebaut werden könnte. Da jedoch das Vermögen der jüdischen Gemeinde in

Höhe von 900 Gulden nicht ausreichte, fragte man bei umliegenden jüdischen Gemeinden um Unterstützung nach. Die Stadt Eberbach bezuschusste außerdem das Projekt und so konnte es im Jahr 1860 verwirklicht werden. Bis kurz vor der Jahrhundertwende wurde das Gebäude für Gottesdienste genutzt, im Jahr 1897 allerdings musste es wegen Baufälligkeit aufgegeben werden und die Gottesdienste in provisorischen Räumen stattfinden.

Der im Jahr 1896 eingerichtete Fond von Zacharias Seligmann, dem Synagogenvorstand, war Grundstock für die Finanzierung der neuen Synagoge. Bereits im Jahr 1905 hatte die jüdische Gemeinde einen Bauplatz gefunden und bis zum Jahr 1912 waren 17.000 Mark zusammengekommen. In der Bürgerausschusssitzung vom September dieses Jahres bewilligten die Stadtväter einen Zuschuss zum Synagogenbau in Höhe von 800 Mark. Somit stand dem Neubau nichts mehr im Wege:

Ein schlichtes Gebäude wurde errichtet, mit Satteldach und einer Grundfläche von 12 mal 8,50 Metern. Im Erdgeschoss befand sich der Betsaal, beiderseits des Ganges die Bankreihen, zentral der Almemor mit dem Toraschrein. Im Obergeschoss die Frauenempore, die über eine Zugangstreppe im rückwärtigen Bereich zugänglich war. Im Keller schließlich war die Mikwe mit Umkleideraum, das Kohlelager, Toiletten sowie ein Lagerraum zu finden.

Am 20. September 1913 war es dann endlich soweit, der Bezirksrabbiner Leopold Löwenstein aus Mosbach weihte die neue Synagoge ein und Bürgermeister John Gustav Weiss sicherte dem jüdischen Gotteshaus den Schutz der Öffentlichkeit zu.

Die Eberbacher Zeitung berichtete damals:

„Nach langer Arbeit und Überwindung einer Reihe äußerer und innerer Schwierigkeiten ist am heutigen Tage ein Werk vollendet worden, das den Bewohnern Eberbachs und besonders seinen jüdischen Mitbürgern Gelegenheit zu einer würdigen Feier gab, zur Einweihung des neuen Gotteshauses. Mit einer stillen bescheidenen Feier wurde heute früh das Haus seiner Bestimmung übergeben. Eine große Zahl fremder Gäste, Damen und Herren, weltliche und geistliche Behörden, in ihrer Mitte Bezirksrabbiner Dr. Löwenstein aus Mosbach mit den vier Trägern der Torarollen hatten sich zum Zuge zusammengestellt, um von dem alten Gotteshaus in das neue überzusiedeln. Unter den feierlichen Klängen der Musikkapelle gelangte der stattliche Zug an seinem Ziele an. Die Schlüsselträgerin Frl. Levy überreichte, nachdem sie einen Prolog gesprochen hatte, den Schlüssel dem Vertreter der Staatsbehörde, Herrn Oberamtmann Schmitt, der ihn in einer kurzen Ansprache dem Bezirksrabbiner Dr. Löwenstein weitergab. Dieser öffnete das Tor, Gäste und Ge-

meindemitglieder betraten das Gotteshaus und der feierliche Gottesdienst begann mit einem von dem Mannheimer Synagogenchor prächtig gesungenen hebräischen Lied. In seiner Predigt, die in ihrer einfach schlichten Weise und ihrem innigen Vortrag allen Zuhörern sehr zu Herzen ging, sprach Herr Bezirksrabbiner Dr. Löwenstein über die Frage: „Warum und zu welchem Zwecke bauen wir Gotteshäuser?" Jakob hat draußen in der Natur sich einen groben Stein zum Gotteshaus ersehen. So wie Jakob an diesem Stein seinen Gott suchte und fand, so wird auch dieses kleine Häuschen ein Sammlungsort für das Gemüt werden können. Der Bezirksrabbiner dankte den weltlichen und kirchlichen Behörden für ihr Erscheinen und hob besonders den loyalen Sinn der Einwohner Eberbachs hervor, die es sich nicht haben nehmen lassen, dem heutigen Tag ein festliches Gepräge zu geben. Nach dem Gebet für Fürst und Reich und zwei Musikvorträgen schloss die feierliche Handlung. – Möge das neue Gotteshaus, das in seiner äußeren und in seiner inneren Ausstattung ein kleines Kunstwerk ist, der Bestimmung, der es übergeben wurde, lange Zeit genügen. Zum Festbankett in der Turnhalle fanden sich die Mitglieder der jüdischen Gemeinde sowie die Behörden und sonstige Einwohner der Stadt zahlreich ein. Herr Bezirksrabbiner Dr. Löwenstein leitete den Abend mit einer patriotischen Ansprache ein, in der er die treue und edle Gesinnung unseres Fürstenhauses betonte, und brachte ein Hoch auf den Großherzog aus. Herr

Benjamin Levy gab in seiner Ansprache einen historischen Überblick über die Entwicklung der jüdischen Gemeinde und schloss mit Worten des Dankes an die hiesige Einwohnerschaft, die sich für die Erstellung der Synagoge bereitwilligst ins Werk gelegt habe. Herr Bürgermeister Dr. Weiß erklärte, dass die städtischen Behörden in strengster Neutralität auch das neue jüdische Gotteshaus in ihren Schutz nähmen und wünschte der jüdischen Gemeinde ein ferneres Wachsen, Blühen und Gedeihen. Herr Oberamtmann Schmitt gedachte des konfessionellen Friedens, dessen sich unsere Stadt erfreut, und verlieh der Hoffnung Ausdruck, dass dieser Friede unter den Bekennern der verschiedenen Konfessionen in alle Zukunft erhalten bleibe. Herr Lehrer Frohmann toastete auf Herrn Bezirksrabbiner Dr. Löwenstein, Herr Aron David auf Herrn Lehrer Frohmann. Die Gesangvereine „Liederkranz" und „Germania" trugen durch gut geschulte Männerchöre wesentlich dazu bei, dem Abend einen weihevollen Gehalt zu geben, auch die hiesige Feuerwehrkapelle erbrachte durch ihre schönen Musikvorträge wieder den Beweis, dass sie bei Festlichkeiten unentbehrlich ist." [i]

An diesen glücklichen Tagen konnte noch niemand ahnen, am wenigsten Hans Berger, dass dieses Gotteshaus ein Vierteljahrhundert später, am 9. November 1938, zerstört werden würde. Hans Berger hätte das niemals für möglich gehalten. Im Gegenteil, er bedauerte einmal mehr, dass Anna Salomon nach Palästina gezogen war, anstatt mit ihm hier in Eberbach zu leben. Anna hatte immer von einer neuen Synagoge geträumt, jetzt war sie Wirklichkeit geworden. Und einmal mehr fühlte er den großen Schmerz in seinem Herzen, der niemals heilen würde.

Juni 1914

Im Juni 1914 schien die Welt noch in Ordnung, das Heu war weitgehend in die Scheunen gebracht und das Getreide schickte sich in goldgelben Ähren an, der Reife entgegenzuwachsen. Hans Berger war noch niemals in Ostpreußen gewesen, diesem fernen, nordöstlichen Landstrich des Reiches, der Kornkammer Deutschland, wo mehr Pferde gezüchtet wurden als sonst irgendwo. In diesem Sommer sollte er, inzwischen zum Major der Reserve befördert, ein Bataillon aus Landsturm- und regulären Reservekompanien in der Gegend von Heydekrug in ein Manöver führen. Geplant war, die Grenze gegen russische Überfälle zu sichern.

Hans Berger glaubte nicht an einen bevorstehenden Krieg. Wieso sollten sich die Völker Europas bekriegen? Man trieb tüchtig Handel, reiste quer durch Europa und hatte viele Freunde in den Ländern jenseits der Grenzen gefunden. So waren die Bergers mit etlichen Familien in Frankreich und Südengland befreundet. Hans Berger knüpfte bei seinen Auslandsreisen erfolgreich Kontakte und schloss so manche Freundschaft mit Geschäftspartnern. Erst im vergangenen April hatten Agnes, Friedrich und er die Familie Snape in der Nähe von Dover besucht. Welcher verständige Mensch würde heute einen Krieg beginnen, vor allem im Angesicht

der neuen, furchtbaren Waffen, die die Militär-
technik hervorgebracht hatte?

Er reiste also vergnügt mit dem Zug über
Heidelberg, Frankfurt, Kassel, Berlin, Danzig,
Königsberg und Tilsit bis nach Heydekrug im
Memelland. Einmal mehr genoss er die Zug-
fahrt quer durchs Reich, durch die verschiedenen Landstriche, die Mittelgebirge, die weiten
Ebenen, die Wälder – eindrucksvolle Fichten-
forste und weite Kiefernwälder auf den Sandbö-
den des Ostens –, sah den Weizen heranreifen,
war beeindruckt, wie doch sowohl die Architek-
tur als auch der Charakter der Städte so unter-
schiedlich waren, und nicht zuletzt auch die vielen Dialekte, die in Deutschland zwischen
schweizerischer und russischer Grenze gesprochen wurden.

Die Reise in den Nordosten dauerte zwei Tage. Die Nacht verbrachte Hans Berger in Berlin
in einem kleinen Hotel am Potsdamer Platz.
Und wieder wurde ihm bewusst, dass er auf dem
Lande wohnte. In einer Kleinstadt wie Eberbach
freuten sich die Leute auf so etwas wie den Auf-
tritt des Musikvereins anlässlich des Sommer-
festes. Dagegen gab es hier in der Hauptstadt
unzählige Theater, Konzerthäuser und Klein-
kunstbühnen aller Art. Selbst das Kammeror-
chester, das bisweilen in den Eberbacher Kir-
chen oder im Hause seines Schwiegervaters
spielte, war nur ein Abklatsch der kulturellen
Vielfalt, die in den großen Städten geboten wur-

de. Und in Berlin war alles noch größer, schöner und besser als sonstwo auf der Welt.

Doch an diesem Abend wollte Berger nur das Abendessen im Hotelrestaurant – einen Hackbraten mit Bratkartoffeln und ein Glas Bier – genießen und sich dann ins Bett begeben. In jungen Jahren hätte er sicherlich das eine oder andere zwielichtige Lokal besucht, doch hierzu verspürte er kein Bedürfnis mehr. Lag es daran, dass er älter wurde ... oder weiser ... oder schlicht an dem Umstand, dass er diese Art zweifelhafter Vergnügungen satt war? Nach dem Essen, das er alleine eingenommen hatte, begab er sich ins Herrenzimmer, zündete eine Zigarre an und ließ sich von dem Kellner französischen Cognac bringen. Ihm war nicht nach Gesellschaft, er wollte lediglich den Tag ausklingen lassen und suchte daher einen Ledersessel in gemütlicher Nische auf.

Er ließ sich nicht stören von dem vielstimmigen Gemurmel der Männer, die ihre Zigarren oder Pfeifen rauchten und dazu jede Menge unterschiedlicher Spirituosen tranken. Lächelnd dachte er an das Realienbuch der Eberbacher Bürgerschule, dessen Warnungen und Lebensweisheiten er alle im Laufe der Zeit ignoriert beziehungsweise verworfen hatte. So wurde dort in gutem pietistischem Sinne vor dem Müßiggang gewarnt, der aller Laster Anfang sei. Ihm selbst ging es da eher wie Søren Kierkegaard, dem dänischen Philosophen, der meinte: „An sich ist Müßiggang durchaus nicht eine Wurzel allen Übels, sondern im Gegenteil ein geradezu göttliches Leben, solange man sich nicht langweilt." Auch sollte, der Lehrmeinung nach, jemand, der nicht arbeitet, nicht essen. Berger fragte sich, was denn als Arbeit zu verstehen sei. Gingen Lehrer oder Pfarrer oder auch Kaufleute und Bankangestellte einer Arbeit im Sinne des Schulbuches nach? Für viele Menschen war Arbeit nur die körperliche Arbeit, die Körper und Geist, den Tempel Gottes, gesund hielt. „Die Trägheit ist die Mutter der Armut, Fleiß hingegen der Vater des Glücks." Mit diesem wunderbaren Satz hätte er sicherlich seine Agnes zur Weißglut bringen können. Er lächelte wieder, leerte seinen Cognac und legte die zu Ende gerauchte Zigarre in den Aschenbecher.

Nach erholsamer Nacht in einem warmen und weichen Bett, wie er es liebte, und einem schmackhaften Frühstück aus Kaffee und Butterbrot verließ er das Hotel und saß bald im Zug nach Osten. Die Landschaft blieb weitläufig, sandig und wurde, wie ihm schien, auch karger. Östlich der Oder fühlte er den Einfluss der Ostsee und bald hatte er Danzig erreicht. Von hier aus waren es noch etliche Stunden, doch von der Landschaft bekam er nicht mehr viel mit. Dunkle Wolken hatten sich über das Land gelegt und das eintönige Rattern der Räder ermüdete ihn, so dass er bald in einen tiefen Schlaf sank.

Als er wieder aufwachte, hatte der Zug schon fast Königsberg erreicht. Auf der ganzen Reise waren kaum Menschen zu ihm ins Abteil gestiegen. Hans Berger wusste nicht, woran das lag. Machte er einen abweisenden Eindruck? Oder hatten die Menschen einfach kein Geld für die vornehme erste Klasse, die er sich immer gönnte?

Nun hatte sich aber ein junger Mann zu ihm ins Abteil gesetzt. Als dieser plötzlich zu erzählen begann, dass er nach Heydekrug unterwegs war, wo er seine erste Reserveübung absolvieren sollte, hörte Berger interessiert zu. Der junge Mann hieß Eduard Engels, stammte aus Elbing und war Sohn eines Bankdirektors. Seine zweijährige Militärzeit hatte er in Masuren bei Nikolaiken absolviert und er freute sich, nach der öden Ausbildung in der Bank des Vaters endlich wieder ins Feld zu ziehen, den Regen, den Wind und die Sonne zu spüren, die Sterne des Nachts zu sehen und die Verbindung zur Erde, der Mutter des Lebens, aufzunehmen. Ja, es sei gesund, zu marschieren, die Glieder würden gestärkt und der Charakter eines Menschen geformt!

Und Hans Berger dachte sich im Stillen, wie er als junger Mann das Marschieren geliebt hatte.

Kriegsbeginn

Es kam alles anders als geplant. Zunächst schien es ein unterhaltsames Manöver mit Gesang und langen Tagesmärschen zu werden. Hans Berger erteilte am Morgen jeweils den Tagesbefehl und überließ dann den Hauptleuten in ihren jeweiligen Kompanien das Kommando. Er selbst zog sich in sein Stabszelt unter einer großen Eiche am Rande einer Viehweide mit vergnügt grasenden Milchkühen zurück. Dort ließ er Feldwebel Eduard Engels, den er zu seinem Adjutanten ernannt hatte, Kaffee kochen und die aktuellsten Zeitungen besorgen. Diese las Berger dann in einem Schaukelstuhl, den Engels ebenfalls organisieren durfte, und rauchte seine karibischen Zigarren.

Am Nachmittag oder frühen Abend mussten die Hauptmänner Bericht erstatten, und ab und an kamen Offiziere aus Bataillonen, die in der direkten Nachbarschaft ebenfalls Manöver durchführten, vorbei und man redete über Gott, die Welt und die aktuelle Tagespolitik. Von einem nahen Krieg ging niemand aus, und dass die russische Armee nach Ostpreußen marschieren könnte, wurde kategorisch ausgeschlossen. Aus welchem Grund sollten die Russen Deutschland angreifen?

Und dann kam der 28. Juni, an dem der österreichische Thronfolger in Sarajewo erschossen wurde. Die Habsburger forderten die Unterstützung des Deutschen Kaisers und die Russen sicherten den Serben ihren Beistand zu. Doch hier im ländlichen Ostpreußen nahm man die Julikrise nicht ernst. Die Österreicher würden sich schon nicht von den Serben ins Bockshorn jagen lassen. Und schließlich würden doch alle noch zur Vernunft kommen.

So ging der Sommer dahin und Berger nutzte seine Position als Offizier dazu, überhaupt nichts anderes zu tun, als den Sommer zu genießen. Bisweilen badete er im nahen Fluss, und das eine oder andere Mal wurde er vom Grafen Dohna zur Jagd eingeladen. Elche hatten zwar noch Schonzeit, aber Berger gelang es, zwei kapitale Rehböcke und ein Hauptschwein, einen groben Keiler von mehr als 120 Kilogramm, zu erlegen. Selbstverständlich wurden die jagdlichen Erfolge mit reichlich Alkohol begossen und für Hans Berger war es der schönste Sommer seit Jahren.

Bis zum 28. Juli. An diesem Tag erklärte Österreich-Ungarn Serbien den Krieg. Und dann ging es Schlag auf Schlag. Das Leben änderte sich grundlegend. Auch das von Hans Berger, der doch Mitte August hatte heimkehren wollen.

Das 1. Armee-Korps wurde in die 8. Armee eingegliedert und Berger mit seinem Bataillon in die Nähe von Stallupönen an der deutsch-russischen Grenze verlegt, wo er südöstlich der kleinen Stadt Stellung bezog. Die 8. Armee hatte die Aufgabe, die Ostflanke des Reichs gegen die Russische Armee zu sichern. Die Taktik, bis zur Weichsel zurückzuweichen, um die Russen zunächst in Leere stoßen zu lassen, wurde aufgegeben.

Allerdings rechnete die 8. Armee auch nicht mit einem schnellen Vormarsch der Russen. Oberbefehlshaber General Hermann von François hatte bereits mehrere Aufklärungstrupps in russisches Gebiet geschickt, die keine bevorstehenden Angriffe meldeten. Und doch: Am 17. August rückten die Russen auf breiter Front nach Westen vor und die Deutschen mussten sich bis hinter Stallupönen zurückziehen. Nordwestlich der Stadt drang die 1. russische Armee 40 Kilometer tief in deutsches Gebiet ein. Allerdings stellten die Russen am Abend des Tages die Angriffe ein, was dem 1. Armee-Korps die Möglichkeit eröffnete, sich mit dem Rest der 8. Armee zu vereinigen.

Um zu verhindern, dass auch noch die 2. russische Armee in Ostpreußen einbrach, drängte von François auf einen Gegenschlag bei Gumbinnen. Doch auch diese Schlacht brachte keine Entscheidung, kostete aber rund 15.000 Deutsche und 16.500 Russen das Leben. Da die 2.

russische Armee jedoch nach Masuren einge-
drungen war und nicht mehr abrückte, wurde
der Befehl gegeben, alles Vieh und Erntevorräte
hinter die Weichsel zurückzuziehen, was einen
großen Flüchtlingsstrom zur Folge hatte.

Nach diesem überstürzten Rückzug wurde
der Befehlshaber ausgetauscht und General
Maximilian von Prittwitz und Gaffron durch
General Paul von Hindenburg ersetzt. Diesem
gelang es, die 2. russische Armee unter General
Samsonow einzuschließen, von der Versorgung
abzuschneiden und schließlich vernichtend zu
schlagen. So konnten die zahlenmäßig unterle-
genen Deutschen den Russen hohe Verluste
zufügen. Während etwa 3.500 Deutsche starben,
gab es auf russischer Seite etwa 30.000 Tote zu
beklagen. Rund 95.000 Russen gelangten in
deutsche Gefangenschaft. Sechs Tage nach der
Schlacht von Tannenberg gelang es Hindenburg
am 6. September, mit der 225.000 Mann starken
8. Armee den etwa 325.000 Russen der 1. und 10.
Armee entgegenzutreten. Am 14. September
waren 40.000 Deutsche und 125.000 Russen gefallen und 45.000 Russen in deutsche Kriegsge-
fangenschaft geraten. Dennoch war es lediglich
ein taktischer Sieg, denn die Russen der 1. Armee unter General Rennenkampff zogen sich
auf russisches Territorium zurück. Nach weite-
ren Scharmützeln im Grenzgebiet gelang es den
Deutschen erst im Februar 1915 bei der Winter-
schlacht in Masuren, die Russen endgültig zu

besiegen und die Provinz Ostpreußen zu sichern.

Für Hans Berger begann der Krieg in einem riesigen Chaos. Vom Divisionskommandeur kam der Befehl, sich nach Westen zurückzuziehen. General von François dagegen gab die Order aus, sich im Bereich der Rominter Heide zu verschanzen, da er glaubte, die Russen würden hier ins Reich einzudringen versuchen.

Berger war mit seinem Infanteriebataillon, das aus seinen fünf Kompanien aus dem Sommermanöver bestand und durch einen Trupp leichter Kavallerie sowie zwei Geschütze verstärkt wurde, bei Kriegsbeginn nach Gumbinnen beordert worden. Dort am Brigadestandort gab es Anfang August endlose Besprechungen für die Offiziere und banges Warten auf das Losbrechen des Sturms für die Mannschaftsdienstgrade. Am 10. August kam der Marschbefehl für Berger und seine Männer und einen Tag später hatten sie die Grenzstadt 25 Kilometer weiter östlich erreicht. Irgendwo unterwegs war ihre mobile Feldküche verloren gegangen, und so hatten die Soldaten schon am Abend nichts mehr zu essen. Da Berger keine motorisierten Einheiten hatte, wurde ein Teil der Kavallerie losgeschickt, nach der Küche zu suchen. Derweil baute man hastig einen Verteidigungswall um die Stellung aus Bäumen, die kurzerhand umgesägt wurden. Erst am nächsten Tag traf die Feldküche ein, allerdings blieben die Berittenen verschwunden. Die fünf Soldaten kehrten auch nicht zurück und Berger konnte nicht in Erfahrung bringen, wo sie abgeblieben waren. Erst im Winter erfuhr er, dass sie einem Oberstleutnant der 1. Kavallerie-Division in die Arme gelaufen und von ihm eingegliedert worden waren.

In den nächsten Tagen wechselten sich gespanntes Warten, ungeduldige Begeisterung und kurzfristig aufkommende Langeweile ab. Berger musste feststellen, dass sein Zigarrenvorrat zu Ende ging, weshalb er Engels zurück nach Gumbinnen schickte. In der Zwischenzeit überlegte er, ob seine Männer wohl die Stellung halten konnten oder zurückweichen mussten. Oder ob es vielleicht eine Möglichkeit gab, die Russen zu umgehen und nach Eydtkuhnen direkt an der Grenze durchzubrechen, um sie von dort aus zu bekämpfen. Die Stimmung der Truppe war erstaunlich gut und Hans Berger hoffte, dass es dabei blieb. Und noch mehr hoffte er, dass die Russen in Russland blieben. Doch am 17. August wurde ihm klar, dass diese Hoffnung unerfüllt bleiben würde.

Stalluponen

Es war der Morgen des 17. August 1914. Bergers Bataillon hatte sich verschanzt. Eine Kompanie, ausgerüstet mit den neuesten Maschinengewehren, dem Modell 08, auch Spandau-MG genannt, war hinter den Barrikaden positioniert, um den angreifenden Feind abzuwehren. Jeweils zwei Kompanien waren etwa 500 Meter hinter den MGs im 45-Grad-Winkel zu diesen in Stellung gebracht. Damit sollten durchbrechende Russen ins Kreuzfeuer genommen werden. Die Geschütze und eine Reservekompanie hatte Berger nochmals rund 500 Meter dahinter in einem kleinen Wäldchen aufgestellt, während er die Reste seiner kleinen Kavallerie als Spähtrupp nach Osten schickte. Berger traute weder dem Oberkommando noch der Funktechnik und verließ sich lieber auf seine eigenen Informationen. Er selbst hatte sich mitten in die MG-Verteidigungslinie eingereiht und wartete auf das Losbrechen des Sturms.

„Glauben Sie, dass Gott uns gegen den Feind hilft?", fragte Engels unvermittelt.

Berger grinste. „Er hilft uns gegen den Feind in uns selbst."

„Wie meinen Sie das, Herr Major?"

„Ich glaube nicht, dass Gott als Schlachten- lenker in den Krieg eingreift. Auf wessen Seite sollte er denn stehen?"

„Na, auf der unseren!"

Berger zog die Stirn in Falten und betrachte- te sein Koppelschloss, das die Aufschrift „Gott mit uns" und die Kaiserkrone zierte. „Die Rus- sen glauben aber auch, dass er mit ihnen sei. Und ebenso die Franzosen oder die Engländer. Was nun?"

„Aber wir sind doch im Recht. Die Russen greifen uns doch an. Das ist doch die offensicht- liche Wahrheit!"

„Mein junger Freund, so einfach ist die Sache nicht. Wahrheit ist immer eine Sache des Standpunktes. Schon Pontius Pilatus fragte, was Wahrheit sei."

„Aber Gott ist doch bei uns", stammelte Feldwebel Engels schon fast verzweifelt.

„Natürlich ist er bei uns. Und er hilft uns in diesen schweren Stunden, die vor uns liegen. Gott hilft uns, all das zu ertragen, zu dulden und vielleicht auch zu überleben. Aber er hilft uns nicht im Kampf gegen den Feind. Gott ist keine Partei. Und er ergreift auch keine Partei. Gott liebt alle Menschen und es erfüllt ihn sicherlich mit Trauer, dass sie sich gegenseitig totschie- ßen. Denn dieses Prinzip ist menschlich und nicht göttlich."

„Sie meinen, wie bei Kain und Abel?"

„So ungefähr. Die Menschen bringen sich gegenseitig um, doch Gott hilft nicht denjenigen, die ihn mehr loben oder gottgefälliger leben. Aber Gott straft auch nicht diejenigen, die den anderen besiegen."

Engels zog eine Zigarette aus der Jackentasche und zündete sie zitternd an. „Glauben Sie, wir überleben das hier?"

„Ich bin kein Prophet, aber ich glaube, dass wir das Beste tun, um unser Vaterland zu verteidigen. Und ich weiß, dass mein Bataillon gut vorbereitet ist für diesen Krieg."

„Werde ich wieder nach Hause zurückkehren?"

„Lieber Engels. Jetzt verzweifeln Sie nicht, sondern konzentrieren Sie sich auf das, was wichtig ist: den bevorstehenden Angriff. Sehen Sie zu, dass Sie immer Deckung haben, ein Gewehr mit genügend Munition und beten Sie, dass Gott Ihnen genügend Kraft gibt. Und denken Sie nicht an den Tod. Je mehr Sie daran denken, desto wahrscheinlicher wird er."

„Ja, ich werde es versuchen."

Berger nickte. „Das ist gut."

„Und, Herr Major, wann geht es los?"

Wieder lächelte der Odenwälder. „Das weiß niemand genau."

In diesem Moment sah er ein paar Reiter auf Trakehnern, die auf die Barrikaden zukamen. „Aber sehen Sie, da vorne kommen unsere Reiter. Die wissen sicher mehr."

Und tatsächlich wussten sie etwas zu berichten: Es zogen russische Einheiten in sehr großer Zahl auf Stallupönen zu, die russisch-deutsche Grenze hätten sie bereits überschritten und stünden vor Eydtkuhnen, spätestens am Mittag würden sie hier sein.

Berger schossen tausend Gedanken gleichzeitig durch den Kopf. Hatte er insgeheim gehofft, dass die Russen es beim Muskelspiel belassen würden? Doch nun bestätigten sich seine schlimmsten Befürchtungen. In wenigen Stunden würden sie hier sein, vielleicht sogar noch früher. Und dann? Taktisch hatte sich in der Kriegsführung seit einigen Jahrzehnten nur wenig geändert, die Waffentechnik hatte jedoch eine fürchterliche Entwicklung genommen. Zu Hunderten würden die Menschen bei einem Angriff fallen, zu Tausenden, zu Zehntausenden in einer Schlacht. Und wie um seine Sorgen noch zu verstärken, drang Gefechtslärm aus Osten heran – Eydtkuhnen!

Es dauerte noch zwei Stunden bangen und gespannten Wartens, bis eine russische Kavallerieeinheit der 1. Armee auftauchte. Als sie die Deutschen bemerkten, ritten sie in Angriffsformation auf die Barrikaden zu, und Berger gab den Befehl zu schießen. Männer und Pferde stürzten wie von einer scharfen Sense niedergemäht zu Boden, und von etwa 100 Reitern kam keiner in die Nähe der Barrikaden. Sollte der Angriff schon abgewehrt sein? In diesem Moment schlug eine Granate etwa 50 Meter vor der Barrikade ein, kurz darauf folgten weitere Einschläge und rissen eine breite Bresche in die deutschen Verteidigungslinien. Berger sah, dass zahlreiche Maschinengewehre und rund 30 Soldaten am Boden lagen. Sie hatten furchtbare Verwundungen, soweit er sehen konnte, abgetrennte Gliedmaßen, herausquellende Innereien. Gespenstische Schmerzensschreie durchdrangen den Schlachtenlärm. Und hilflose Sanitäter kamen herbeigerannt, von der Situation vollkommen überfordert. Berger schüttelte sich, sein Bataillon deckte nur einen winzigen Teil der Front ab – vermutlich sah es überall so aus wie hier.

Dann folgte die zweite Angriffswelle – Infanterie, wiederum unterstützt durch die Putilov M 02 Feldkanone, die dem deutschen Modell FK 96 in der Reichweite deutlich überlegen war. Berger gab Befehl zu schießen, bis die Munition aufgebraucht war.

Er selbst zog sich in seinen Befehlsstand in einer alten Scheune zurück. Dort waren Hauptmann Müller und seine Stabsoffiziere vollkommen außer sich und wussten nicht, was tun. Berger befahl, die Scheune zu räumen, da sie ein vorzügliches Ziel für die russische Artillerie abgab. Die Stabsoffiziere sollten sich auf die einzelnen Kompanien verteilen, die ihre Stellung bis zum letzten Mann – oder bis zum Rückzugsbefehl – verteidigen mussten. An Müller ging der Auftrag, die Feldkanonen in Reichweite der russischen Geschütze zu bringen, um sie auszuschalten.

Der zweite Angriff war noch furchtbarer als das erste Aufeinanderprallen der feindlichen Armeen. Die deutschen MGs wurden überrannt und die Russen drangen in westlicher Richtung vor, wo sie dann aber auf die seitlich flankierten Berger'schen Einheiten stießen. Damit hatten sie nicht gerechnet – sie waren ihm in die Falle gegangen und fanden zu Hunderten den Tod. Gleichzeitig gelang es den Deutschen, rund 100 Gefangene zu machen und auch Hauptmann Müller war erfolgreich gewesen. Die beiden FK 96 zerstörten die russischen Artilleriestellungen.

Während die Männer in Jubel ausbrachen, fühlte sich Berger hundeelend. War das der moderne Krieg? Sollte das so weitergehen, bis eine Seite komplett ausgelöscht war?

Ein kurzes Glücksgefühl überhuschte ihn, als er Eduard Engels auf sich zukommen sah.

„Glückwunsch, Herr Major! Denen haben wir es mal gezeigt."

„Zu welchem Preis, Engels? Zu welchem Preis?", antwortete Berger geknickt.

„Herr Major, da sind ganz viele deutsche Truppen im Anmarsch", sagte Engels aufgeregt. „Offenbar ist es den Russen gelungen, im Norden durchzubrechen. Es gibt Befehl, den Feind im Morgengrauen anzugreifen."

Es hörte nicht auf. In ein paar Kilometern Entfernung schlugen dunkle Rauchwolken gen Himmel – Stallupönen brannte.

Drei Tage später tobte die Schlacht von Gumbinnen, Berger verlor mehr als die Hälfte seines Bataillons und die Deutschen zogen sich zurück, um ein paar Tage später die Russen in Allenstein bei der später als „Schlacht bei Tannenberg" bezeichneten Schlacht vernichtend zu schlagen. Die Russen hatten mehr als 30.000 Opfer und knapp 100.000 Gefangene zu beklagen, die Deutschen 10.000 Tote und Verwundete. Berger verlor bei dieser Schlacht keinen einzigen Mann und hoffte, dass die Russen nun endlich besiegt wären.

Er wurde zum Oberstleutnant befördert, wurde Vertreter des Regimentskommandeurs und anstatt nach Hause zu seiner Frau zurückzukehren, standen neue Schlachten bevor. Berger sollte erst im Sommer 1915 die Heimat wiedersehen – auf Urlaub. Bis zum Ende des Krieges wurde er zum Oberst und schließlich zum Generalmajor befördert, als er im Februar und März eine Brigade bei der Operation Faustschlag bis tief nach Russland führte. Dennoch kehrte Berger im Herbst 1918 geschlagen nach Eberbach zurück.

Sein Adjutant, Feldwebel Eduard Engels, kehrte aus dem Krieg nicht wieder heim. Er fiel am 5. September 1917 bei der Einnahme Rigas durch die 8. Armee. Und dieser Verlust war der härteste Schlag während des gesamten Krieges für Hans Berger, der den Tod seines treuen Gehilfen als persönliches Versagen empfand. Genau wie damals bei Gustav Röder, sah er sich in Verantwortung, der er nicht gerecht geworden war.

Feldpost

Meine liebe Agnes,

es bleibt mir nicht viel Zeit, dir zu schreiben. Und es fehlen mir die Worte. Die Welt um uns bricht zusammen, die Welt, wie wir sie gekannt haben, ist nicht mehr. Das Einzige, was ich habe, bist du – 1.000 Kilometer weg von mir.

Wir liegen hier in Masuren, einer schönen ost- preußischen Landschaft, die ich in Friedenszeiten einmal gern mit dir besuchen würde. Doch es ist kein Frieden – es ist Krieg. Schrecklicher, als du es dir vorstellen kannst, schrecklicher, als es sich irgendjemand vorstellen kann – nur Schmerz, Zerstörung und Tod. In nur einem halben Jahr wurden aus den jungen, begeisterten Soldaten alte, desillusionierte Männer – falls sie überhaupt noch leben.

Doch ich will dich nicht beunruhigen. Mir geht es gut und so Gott will werde ich bald zu dir zu- rückkehren. Ich hoffe, in der Heimat geht alles seinen gewohnten Gang, der Krieg ist ja weit weg von euch, auch wenn die Westfront hart um- kämpft ist.

Meine Liebe, ich trage dich ganz tief in mei- nem Herzen und weiß, dass die Verbindung zu dir mein ganzer Trost und Hoffnung ist.

So, und nun muss ich zum Regimentskommando – ist es nicht die pure Ironie, dass ich, der niemals zum Militär wollte, nicht den Weg meiner Vorfahren einschlagen wollte, jetzt genau diesen Weg gehen muss? Hätte ich auf das Einjährige verzichtet und stattdessen ganz regulär zwei Jahre gedient und sieben Jahre als Reservist, stünde ich nicht hier – schon gar nicht als hoher Offizier.

Ich sende dir all meine Liebe,

Dein Hans.   *Lyck, 20. November 1914*

Mein über alles geliebter Hans,

es freut mich, von dir zu hören. Und ich freue mich, dass du über dem ganzen Krieg mich noch nicht vergessen hast.

Es erfüllt mich mit Schmerz, in deinen Briefen zu lesen, wie es wirklich im Krieg ist und ich hoffe, dass der Krieg nicht hierher kommt.

Ich bin voll der Gefühle, aber leer der Worte und weiß nicht, was ich dir sagen soll und kann – außer dass du meine Liebe bist.

Friedrich geht es gut, er wird langsam zu einem Mann und er zeigt gute Leistungen in der Schule. Er will natürlich auch zur Armee und in den Krieg ziehen und ich hoffe, dass bald alles zu Ende ist, bevor er das Alter erreicht hat, in dem die Buben eingezogen werden.

In der Fabrik läuft alles sehr gut. Wir haben natürlich jetzt komplett auf Kriegsproduktion umgestellt und es werden sogar Kanonen bei uns entwickelt und bald gebaut.

Du siehst, der Krieg ist doch auch hier angekommen.

Jetzt ist es schon fast Winter, der erste Schnee ist gefallen und ich muss daran denken, dass es in Ostpreußen so viel kälter ist als hier. Ich schicke dir in einem Paket noch ein paar warme Sachen. Ich habe dir einen Pullover gestrickt und ein Paar dicke Socken – und deine Lieblingszigarren lege ich auch noch dazu.

Und da gibt es noch etwas, was ich dir mitteilen will. Ich hätte gewünscht, du hättest es selbst sehen können, aber du kommst wohl erst wieder im neuen Jahr – ich erwarte unser zweites Kind! Um Weihnachten herum soll es soweit sein.

In unendlicher Liebe,

Deine Agnes   Eberbach, 30. November 1914

Nachkriegszeit

Es war alles anders geworden, seit Hans Berger im Sommer 1914 Eberbach verlassen hatte. Aus zwei Monaten Manöver wurden viereinhalb Jahre Krieg und aus dem stolzen deutschen Kaiserreich ein gedemütigtes Land, das erst wieder seinen Platz in Europa finden musste. Die tiefen Wunden waren auch bei einem Blick auf die Landkarte sichtbar: Die Provinz Posen, große Teile Westpreußens, das Memelland, Ostoberschlesien, Elsass-Lothringen, Nordschleswig, Eupen-Malmedy und das Hultschiner Ländchen waren vom Reich abgetrennt. Danzig erhielt den Status als Freie Stadt und war ebenfalls aus Deutschland herausgelöst worden. Doch im Gegensatz zu Österreich-Ungarn, das geradezu pulverisiert worden war, verlor Deutschland zwar 13 Prozent der Fläche und rund 11 Prozent der Bevölkerung sowie sämtliche Kolonien, blieb aber als Staat erhalten.

Der Krieg brachte eine Not und soziale Verwerfung noch nie gekannten Ausmaßes. Rund 2 Millionen der insgesamt gut 13 Millionen Soldaten, die auf deutscher Seite am Krieg teilgenommen hatten, kehrten nicht vom Felde zurück, und viele der Zurückkehrenden waren körperlich für ihr Leben gezeichnet. Und es kehrte keiner vom Krieg heim, der nicht für den

Rest seines Lebens seelische Narben zurückbehielt.

Die im Jahre 1918 grassierende Spanische Grippe raffte weitere Hunderttausende dahin. Es gab unzählige Kriegswaisen und -witwen, die einer besonderen sozialen Notlage ausgesetzt waren. Vielen der Kriegsinvaliden blieb nur das Betteln als Broterwerb. Und diejenigen, die bis zur Unkenntlichkeit entstellt waren – durch Verlust des Unterkiefers, des Jochbeins oder anderer Teile des Gesichts –, ihr Leben hinter sich hatten und als lebende Leichen ihr Dasein fristeten, hatten überhaupt keine Möglichkeit, in die Gesellschaft zurückzukehren.

Nach dem verlorenen Krieg folgten der Hungerwinter und Aufstände, die nur mit Not niedergeschlagen werden konnten.

Doch immerhin war Deutschland nun eine Republik und Hans Bergers liberales Ideal, obwohl seine Verwirklichung zweifellos in weiter Ferne lag, schien erste schwache Konturen anzunehmen.

Eberbach selbst zeigte sich auf den ersten Blick nicht sehr verändert, doch auf den zweiten Blick waren die Kriegsfolgen auch hier zu sehen. Alles wirkte irgendwie grauer, gedämpfter, gedeckter. Bei den wieder gegründeten Vereinen oder der Feuerwehr wurden die großen Lücken offenbar, die der Krieg gerissen hatte. Mit dem Verlust des Kaisers konnte man gut leben, mit dem Verlust des Großherzogs arrangierten sich die Eberbacher ... aber der Verlust der Menschen, der Männer ging tief ins Selbstverständnis der Gesellschaft hinein.

Die Keller-Werke spürten den verlorenen Krieg in besonderer Weise. Große Teile der Produktionsmaschinen wurden von den Siegern abgebaut, und in den leeren Hallen machte sich Traurigkeit breit. Alleine das alte Sägewerk hatte eine gute Auftragslage und jedermann hoffte, dass Hans Berger wieder eine neue Zuversicht vermitteln konnte.

Doch Hans Berger war ebenfalls kriegsversehrt – er hatte seine Energie, seine Tatkraft, seine Lebensfreude und seinen Optimismus verloren. Auch wenn der Krieg keine körperlichen Spuren hinterlassen hatte, legte sich sein bleiernes Gift auf Bergers Gemüt. Er verbrachte die Tage lieber mit seiner kleinen Tochter Anna als mit dem Wiederaufbau des Werkes. Den Namen Anna hatte er vorgeschlagen und auch mühelos durchgesetzt, da die Taufpatin seiner Frau auch Anna hieß. Hätte Agnes jedoch geahnt, wer die Namenspatin der eigenen Tochter in Wirklichkeit war, hätte sie sicherlich etwas dagegen einzuwenden gehabt.

Hans schenkte dem Mädchen alle erdenkliche Zuwendung, seit er aus dem Krieg zurückgekehrt war, eine Zuwendung, die Friedrich niemals erfahren hatte. Der Vater wusste nicht, ob es das schlechte Gewissen dem Kind gegenüber war, weil er in Kriegszeiten kaum Zeit gehabt hatte, sich um die Kleine zu kümmern, oder ob er auf diese Weise versuchte, die verlorene Liebe zu seiner Anna zu kompensieren.

Die Keller-Werke indes gingen schweren Zeiten entgegen und das Inflationsjahr 1923 brachte die Firma kurz vor den Ruin. Friedrich Berger, inzwischen 22 Jahre alt geworden, riss das Familienunternehmen aus der Lethargie. Sein Engagement war so stark, wie es früher das seines Vaters gewesen war. Dieser kritisierte den Sohn allenfalls für den neuesten Unternehmenszweig, eine chemische Fabrik.

Hans behielt zwar sein Büro und blieb auch formal der Unternehmensleiter, aber es war für ihn mehr eine lästige Pflicht denn eine Ehre, dem größten Eberbacher Betrieb vorzustehen.

Auch das gesellschaftliche Leben interessierte ihn kaum mehr. Nur noch selten fuhr er mit Agnes ins Theater nach Heidelberg oder Mannheim. Selbst die Politik war ihm gleichgültig geworden, er fand sich in dem neuen Deutschland nicht mehr zurecht.

1924

In dem Maße, wie sich Hans Berger aus dem Betrieb zurückzog und Friedrich die Leitung übernahm, änderte sich der Pulsschlag bei Keller-Stahl. Friedrich sympathisierte mit der nationalsozialistischen Bewegung und entließ zu Beginn des Jahres 1924 alle verbliebenen jüdischen Mitarbeiter. Seltsamerweise ließ ihn sein Vater gewähren – oder er hatte inzwischen zu viel an Einfluss verloren.

Vielleicht lag es aber auch an Agnes. Seit zwei Jahren schon litt sie unter rätselhaften Kopfschmerzen, die immer stärker wurden und manchmal kaum mehr abklangen. Die Eberbacher Ärzte waren schnell mit ihrem Wissen am Ende, selbst die Professoren der Universitätsklinik in Heidelberg standen vor einem Rätsel. Agnes wurde immer teilnahmsloser.

Hans wollte mit ihr ans Meer reisen, suchte Rat bei allen nur denkbaren Stellen. Doch keine Medizin, keine Diät, keine Pulver und Tabletten linderten ihre Beschwerden. Nachts konnte sie nicht schlafen, am Tag war sie müde, sie wollte nichts essen, kaum trinken und verlor bald jeden Lebensmut.

Und Hans war am Ende seiner Kräfte. Hatte er nicht den Krieg überlebt, um mit seiner Agnes besseren Tagen entgegenzugehen? Hatte ihm nicht seine Frau die Kraft gegeben, den Krieg zu überleben? Warum nur, fragte er sich, wurde sie mit diesem Leiden gestraft?

Während die Schmerzen anfangs nur latent vorhanden waren und Agnes sie weitgehend ignorierte, wurden sie allmählich zunehmend stärker und länger anhaltend. Gab es zu Beginn nur wenige Einschränkungen, so fühlte sie sich bald kaum mehr in der Lage, das gewohnte Leben zu führen..

Eines Tages stellte Agnes fest, dass ein kleiner Spaziergang mit Hans und Anna bis zum Neckar oder zum nahen Wald alles war, was ihr an Lebensfreude und Unternehmungen geblieben war.

Und dann kam der Tag, da sie nicht mehr aufstehen wollte.

„Es hat keinen Sinn mehr. Niemand kann mir helfen. Ich will diese Schmerzen nicht mehr haben. Ich möchte nur noch sterben. Dann hat dies alles ein Ende."

„Ich bin bei dir, meine liebe Agnes", antwortete Hans und saß fortan an ihrem Bett. Er kühlte ihre heiße Stirn mit nassen Tüchern, er wusch sie, gab ihr zu trinken, war froh, wenn sie eine Kleinigkeit aß, empfing den Doktor, der zwei Mal am Tag vorbeikam und nur ratlos am Bett stehen konnte, er bürstete ihr Haar, wenn sie es zuließ, las ihr aus Büchern vor, erzählte Geschichten, die er selbst erlebt hatte und Geschichten, die so alt waren, dass niemand mehr wusste, ob sie wahr oder Legenden der alten Völker waren, die einst auf der Erde lebten.

Wenn er müde war, schlief er neben ihrem Bett in seinem Sessel, und nur, wenn er dringend einen Termin wahrnehmen musste, bat er den Kammerdiener, seine Position einzunehmen. Doch ganz am Ende verließ er das Krankenbett nicht mehr.

„Was passiert, wenn ich sterbe?", fragte Agnes in einem klaren Moment.

„Ich weiß es nicht, meine Liebe. Aber ich weiß, dass dann dein Leiden ein Ende hat."

„Aber wohin werde ich gehen?"

„Dein Körper bleibt hier zurück, aber deine Seele wird zu Gott wandern."

„Bist du dir da sicher?"

Hans ergriff ihre Hand und blickte ihr tief in die Augen, die wie ihr ganzes Gesicht, ihr ganzer Körper leer und blass geworden waren und sich schon deutlich sichtbar auf den Weg gemacht hatten, vom Leben in den Tod zu gehen.

„Ja, da bin ich mir ganz sicher. Ich bin mir sicher, weil ich meinen Gott verloren hatte und ihn inmitten des Todes wiederfand. Ich bin mir sicher, weil ich mit Gott Dinge erlebt habe, die unbegreiflich und unerklärlich sind. Ich bin mir sicher, weil ich auf Gottes Wahrheit vertraue. Und ich bin mir sicher, dass du bald beim himmlischen Vater sein wirst. Ich weiß nicht, wie es dort aussieht, was dich dort genau erwartet, aber ich weiß, du wirst dort geborgen und glücklich sein."

Agnes versuchte zu lächeln. „Ich hatte ein solches Glück in meinem Leben. Ich habe den besten Mann gefunden, den sich eine Frau vorstellen kann."

Hans versuchte, die Fassung zu wahren, doch das gelang ihm nicht. Zum ersten Mal seit vielen Jahren, seit Jahrzehnten vergoss er Tränen der Trauer und Freude, zum ersten Mal wurde ihm bewusst, dass er Agnes wirklich liebte und es schnürte ihm fast die Luft ab, weil er merkte, dass er diese Frau bald verlieren würde.

„Du musst doch nicht weinen, mein Lieber. Gerade hast du gesagt, dass ich zum himmlischen Vater gehen werde. Sei doch glücklich darüber, dass dann meine Schmerzen vorbei sind und ich im himmlischen Reich leben darf."

Er beugte sich zu ihr, legte seinen Kopf auf ihre Brust, und sie strich ihm über das Haar.

„Ich würde jetzt gerne mit dir ans Meer fahren", sagte sie leise. „Weißt du noch, wie wir damals nackt gebadet haben, weil wir dachten, wir sind alleine am Strand?"

„Ja, Agnes, als wäre es gestern gewesen. Das war wohl der schönste, lustigste und fröhlichste Tag in meinem Leben."

„Dann behalte ihn in deinem Herzen. Ich bin immer deine Agnes, auch wenn ich tot bin. Und kümmere dich um Anna. Sie braucht dich so sehr. Begleite sie auf ihrem Weg ins Erwachsenenleben."

Hans wusste nicht mehr, was er antworten sollte. Er lag weiter auf ihrer Brust und hörte, wie ihr Herz schlug. Wie lange würde es noch schlagen?

„Soll ich dir etwas bringen?", fragte er unsicher.

„Nein, bleib einfach so liegen, bleib bei mir und geh meinen letzten Gang gemeinsam mit mir."

„Soll ich dir noch etwas erzählen?"

„Gerne, ich höre doch deine Stimme so gerne. Erzähl mir von früher, von der guten, alten Zeit, von unserer kleinen Stadt."

Und so begann er mit Geschichten aus seiner Kindheit, vom Kühemelken auf dem Bauernhof des Großvaters, von seiner Katze Lilli, vom Forellenfangen und von den langen, kalten Wintern, die kein Ende nehmen wollten und doch endlich in einen farbenfrohen Frühling mündeten. Hans erzählte vom alten Eberbach, von längst verschwundenen Häusern und Menschen, von seiner Schulzeit und dem ersten Hirsch, den er in den Wäldern oberhalb der Stadt geschossen hatte.

Am frühen Morgen des 7. Oktober 1924 hörte ihr Herz auf zu schlagen. Sie war von ihren Schmerzen erlöst. Agnes Berger war ins Reich Gottes eingegangen.

Aufbruch

Eine Woche später fand die Beerdigung statt. Der Herbst hatte sich noch einmal zu einem traumhaften Spätsommer aufgerafft. Die bunten Blätter glänzten goldgelb in der strahlenden Sonne und der blaue Himmel war wolkenlos. Eine unzählbare Menschenmenge hatte sich beim Eberbacher Friedhof eingefunden und Hans Berger erlebte diesen ganzen Tag wie in Trance. Später sagte er einmal, er könne sich überhaupt nicht mehr an diesen Tag erinnern.

Die Trauerfeier war eine beinahe endlose Aneinanderreihung lobhudelnder Reden, die Agnes sicherlich gehasst hätte, doch niemand von Rang und Namen wollte es sich nehmen lassen, die Tochter des Kommerzienrates Hermann Keller und Gattin des Firmenleiters und Generals Hans Berger zu würdigen. Geblieben waren Hans nur die Worte des Pfarrers aus dem Buch Hiob: „Aber ich weiß, dass mein Erlöser lebt, und als der Letzte wird er über dem Staub sich erheben. Und ist meine Haut noch so zerschlagen und mein Fleisch dahingeschwunden, so werde ich doch Gott sehen."

Agnes war gestorben, Friedrich, inzwischen verheiratet, hatte seinen eigenen Weg eingeschlagen, den Hans nicht mitgehen wollte und konnte, also war es Zeit für ihn, einen neuen Anfang zu wagen. Das war im Alter von 53 Jahren auch noch keineswegs zu spät. Und Hans wusste ganz genau, was er wollte. Einmal mehr kamen ihm dabei seine hervorragenden Kontakte entgegen. Es lockte die Politik, und nachdem die Reichstagswahl vom Mai in einer Blockade des Parlaments endete, wurde am 7. Dezember 1924 abermals gewählt. Berger war seit gut 30 Jahren Mitglied der Nationalliberalen Partei, die die Interessen von liberalen, protestantischen Bildungsbürgern sowie der industriellen Großbürger vertrat. Nach dem ersten Weltkrieg spalteten sich die nationalen und linken Kräfte ab, und die Partei unter der Führung von Gustav Stresemann ging in der Deutschen Volkspartei, der DVP, auf. Und somit war Hans Berger seit der Gründung am 15. Dezember 1918 auch ein Mitglied der DVP. Bislang hatte er keine politischen Ambitionen gehabt, sondern seine Parteimitgliedschaft eher als eine Verbindung zu politischen Entscheidungsträgern gesehen, die er zu nutzen versuchte.

Aber jetzt drängte es ihn in die Politik. Mit seinem Namen, seiner Bekanntheit weit über Baden hinaus, nicht zuletzt als charismatischer Offizier im Weltkrieg und seinem Gespür für die Nöte der Menschen war er der perfekte Kandidat seiner Partei für die kommende Reichstagswahl. Die DVP hatte sich im Neckartal ohnehin schwer getan, einen geeigneten Kandidaten zu finden, und da kam diese Entscheidung zur Kandidatur gerade recht.

Berger selbst wollte zwar gewählt werden, hatte jedoch den Vorteil, nicht gewählt werden zu müssen und trat seinen kurzen Wahlkampf deshalb sehr entspannt an, was wiederum von den Wählern goutiert wurde. Und so wurde er tatsächlich als einer der 51 DVP-Abgeordneten in den 3. Reichstag der Weimarer Republik gewählt.

Später übrigens wurde er noch drei Mal gewählt, im Mai 1928, im September 1930 und im Juli 1932. Zur Reichstagswahl im November 1932 trat er nicht mehr an, da er angesichts des unaufhaltsamen Aufstiegs der Nationalsozialisten keine Chance mehr sah, liberale Positionen in Deutschland zu stärken. Im Nachhinein machte er sich Vorwürfe, nicht durchgehalten zu haben, sondern geflüchtet zu sein, nicht das getan zu haben, was von ihm erwartet worden war, einmal mehr sich der Verantwortung nicht gestellt und versagt zu haben. Doch was hätte er gewonnen, wenn er im November 1932 noch einmal angetreten wäre – und vielleicht sogar noch einmal bei der letzten einigermaßen freien Wahl im März 1933? Hätte er Hitler verhindern können? Wohl kaum, und es wäre mehr als vermessen, dies zu behaupten. Wie es soweit hatte kommen können, war für Hans Berger später nicht mehr nachzuvollziehen. Und es zerfraß ihn, dass Anna diese Entwicklung schon vor vierzig Jahren vorausgesehen, zumindest geahnt hatte. Anna ... wo sie sich jetzt gerade wohl befand? Was musste sie über die Entwicklung in ihrer alten Heimat denken?

Doch so weit war es noch nicht. Hans fand die politische Entwicklung zur Mitte der 20er Jahre erst einmal ziemlich spannend, und nachdem die Krise des Jahres 1923 mit ihrer gewaltigen Inflation überwunden war, sah es so aus, als könnte Deutschland in ruhigeres Fahrwasser gelangen. Reichskanzler Marx wollte im Dezember 1924 eine große Koalition mit der SPD, der größten Partei, bilden. Die Alternative war eine bürgerliche Regierung. Die große Koalition kam nicht zustande und Marx gab den Regierungsauftrag an den Reichspräsidenten Friedrich Ebert zurück. Er beauftragte den parteilosen, der DVP nahe stehenden ehemaligen Oberbürgermeister Essens und bisherigen Finanzminister Hans Luther mit dieser Aufgabe. Luther gelang es, eine stabile Regierung zu bilden und Hans Berger begann, sein neues Leben als Abgeordneter zu genießen.

Zusammen mit Anna und seinem langjährigen Kammerdiener Hermann Noske trat er die Reise nach Berlin an. Und zum ersten Mal in seinem Leben reiste Berger mit einem Flugzeug, einer Junkers F13. Danach war er vom

Fliegen vollkommen begeistert. So wie er vor 30 Jahren begonnen hatte, die großherzogliche Eisenbahn mit modernen Lokomotiven auszustatten, um Baden in ein modernes Zeitalter zu führen, erkannte er nun die Vorteile der Luftfahrt: In der Luft konnten Waren, Post, aber auch Passagiere viel schneller transportiert werden als am Boden. Dass Hans Berger im Januar 1926 an der Gründung der Deutschen Lufthansa beteiligt war, ist umstritten – aber durchaus möglich.

In Berlin-Grunewald fand er eine wunderbare, kleine Villa direkt am Dianasee, und da sie zum Verkauf stand, erwarb er sie kurzerhand.

Anna kam das Großstadtleben vor, als wäre sie auf einen anderen Stern ausgewandert. Hier in der Hauptstadt gab es Dinge, die man sich im beschaulichen Eberbach nicht einmal vorstellen konnte. Sie zählte in einer Minute mehr Autos als in Eberbach die ganze Woche, ach: den ganzen Monat oder gar das ganze Jahr. Es gab Warenhäuser mit einem unvorstellbaren Angebot und Menschen aus aller Herren Länder. Zum ersten Mal in ihrem Leben sah sie sogar einen Schwarzen.

Aber Hans wollte, dass seine Tochter in einer weltoffenen Atmosphäre aufwachsen konnte, und da war die Weltstadt Berlin gerade richtig. Eberbach wäre ohnehin kaum mehr der geeignete Platz für das Mädchen gewesen. Die Mutter war tot, der Bruder lebte mit eigener Familie und eigenem Nachwuchs ... da wäre Anna nur das fünfte Rad am Wagen gewesen. Hier in Berlin konnte Hans sie mit der großen, weiten Welt bekannt machen. Er schickte sie auf das Grunewald-Gymnasium. Diese Schule galt in den 20er Jahren als Pionier des individuellen Lernens. Die Schülerinnen und Schüler konnten aus einem breiten Unterrichtsangebot auswählen. Eine weitere Besonderheit war der Umstand, dass etwa ein Drittel der Schüler Juden waren. Dies war das Umfeld, das Berger für seine Tochter suchte – weltoffen, liberal und fortschrittlich.

Und so begann das Berliner Abenteuer für Vater und Tochter, und beide begannen, das neue Leben zu genießen.

Ein entscheidender Einschnitt war der 28. Februar 1925, der Todestag von Friedrich Ebert. Der überzeugte Demokrat starb völlig überraschend an einer Bauchfellentzündung, die von einer unzulänglich behandelten Appendizitis herrührte. Eine Neuwahl des Staatsoberhauptes wurde also notwendig. Im ersten Wahlgang lag der Vertreter der DVP, Karl Jarres, mit 39 Prozent der Stimmen in Führung, aber da im ersten Wahlgang die absolute Mehrheit notwendig war, kam es zu einem zweiten Wahlgang. Jarres zog zugunsten von Paul von Hindenburg, dem Vertreter des monarchistischen Blocks, zurück, der am 26. April die Wahl gegen Wilhelm Marx und

Ernst Thälmann gewann. Vor allem die evangelischen Gebiete stimmten für Hindenburg, während in den katholischen Gegenden vorwiegend
Marx vom Zentrum gewählt wurde.

Berger erhoffte sich von dem hoch angese-
henen Hindenburg eine Stabilisierung der Lage
in Deutschland und war froh, dass dieser gegen
den Katholiken Marx gewonnen hatte.

Berlin

Das neue Leben in Berlin führte Hans Berger in eine andere, unbekannte Welt. Zwar hatte er Großstadterfahrung in Hamburg gesammelt, doch das Leben in den 1920er Jahren unterschied sich komplett von dem in den 1890ern. Die Technik hatte sich in einer unglaublichen Geschwindigkeit entwickelt – im wahrsten Sinne des Wortes. Berlin war voll von Automobilen, die nächtlichen Straßen durch elektrisches Licht hell beleuchtet, Nachrichten konnten mit Radiogeräten empfangen werden, mit der Deutschen Lufthansa gab es die erste nationale Fluglinie, deren Streckennetz sich quer über Europa zog, und mit modernen Elektrolokomotiven wurden neue Höchstgeschwindigkeiten erreicht. Es gab im Herzen von Berlin mehr Theater, als Berger hätte besuchen können, und die deutsche Filmindustrie setzte Maßstäbe. Die Freiheit gelangte zu einem Punkt, der in späteren Zeiten kaum mehr erreicht werden sollte. Hans Berger hätte nie geglaubt, dass er zu Lebzeiten eine solche Vielfalt, eine solche Internationalität erleben würde, wie es sie im Berlin der 1920er Jahre gab.

Sein liebstes Lokal war das Café Müller Unter den Linden, auf das er wegen seines alltäglichen Namens aufmerksam wurde. Dort traf er auf junge, selbstsichere Frauen mit modischen

Kurzhaarfrisuren, die ihre Zigaretten lässig-lasziv mit Zigarettenspitze rauchten und bewusst körperbetonte Kleidung trugen. Hier trafen sich Lesben und Schwule, Künstler, aber auch Politiker und Geschäftsleute. Ein jeder konnte tun und lassen, was ihm beliebte, und wenn sich zu später Stunde ein Pärchen unter einem Tisch oder hinter dem großen Klavier vergnügte, schien das keinen zu kümmern. Es wirkte auf Berger fast so, als würden hier die Berliner die kürzlich gewonnene Freiheit in orgiastischer Freude auskosten, im klaren Bewusstsein, dass dies alles sein Ende finden und in eiskalte Finsternis münden würde.

Er bewunderte besonders die extravaganten Frauen, die ihre Klugheit und ihre Reize provokant zur Schau stellten, und er war froh, dass er ein Alter erreicht hatte, in dem er sich gut gegen weibliche Avancen zu schützen wusste. Noch vor zehn Jahren wäre er sicherlich schwach geworden und somit vielleicht auch in die eine oder andere Falle getappt, doch nun besaß er die Reife, die er sich schon lange gewünscht hatte. Er konnte tiefgründige Gespräche mit den Frauen führen, ohne sie in Hintergedanken ins Hinterzimmer zu führen.

Er lernte Künstler aller Couleur kennen: Sänger, Theater- und Filmschauspieler, Drehbuchautoren, Musiker, Regisseure, Schriftsteller, Aktionskünstler, Bildhauer und Maler und er lernte von ihnen mehr, als er sich je hatte

träumen lassen. War es zuvor die Verstandes-
ebene gewesen, die Berger Dinge begreifen ließ,
kam nun eine für ihn neue Komponente hinzu –
das Gefühl. Und dadurch änderte sich seine
Sicht auf die Welt. Berger trat in eine Komplexi-
tät ein, die sein Handeln und seine Motivation
ganz neu prägte und noch deutlicher sozioöko-
nomische Elemente in den Vordergrund seiner
Entscheidungen rückte.

Auch für Anna war das Leben in der Groß-
stadt nach einer anfänglichen Unsicherheits-
phase der Aufbruch in eine neue Welt. Ihre
Freundinnen kamen aus England, Frankreich,
Italien, Russland oder Schweden, sie waren jüdisch, katholisch, evangelisch, und eine gute
Freundin war sogar mohammedanisch. Sie lernte neben der Schule Tanz und Schauspiel, doch
am liebsten verbrachte sie ihre Zeit mit Lesen
und dem Klarinettenspiel. Anna wurde Mitglied
einer Klezmer-Band, die ihr amerikanischer
Englisch- und Musiklehrer leitete. Zunehmend
liebte sie auch das Orgelspiel, und 1928 wurde
sie Organistin der Kirchengemeinde, der ihr
Vater und sie angehörten.

Berger liebte den wachen Geist, den Anna
von ihrer Mutter geerbt hatte und den großen
Wissensdurst, besonders in religiös-
philosophischen Fragen. Es bedrückte ihn, dass
Agnes nicht mehr miterleben durfte, wie ihre

Tochter heranwuchs und zu einer selbstbewussten, selbstbestimmten jungen Frau reifte.

In dem Maße, wie die Politik verworrener wurde und sich die Positionen der politischen Extreme verhärteten, wuchs der Freiheitswille der Menschen in Berlin. Und wäre Berlin nicht die deutsche Hauptstadt gewesen, sondern, ähnlich wie die Freie Stadt Danzig, eine Sonderzone auf einer Hochseeinsel, hätte die Freiheit zu einer utopischen Idee heranreifen können.

Doch die Wirklichkeit war hart und brutal. Es häuften sich Angriffe auf Künstler, auf Lesben und Schwule, auf Ausländer, auf sozial Randständige und natürlich auf Juden. Mit dem Anwachsen der nationalsozialistischen Partei mit ihrem auf gebildete Menschen lächerlich wirkenden Vorsitzenden breitete sich ein nie gekannter Hass wie ein Krebsgeschwür über das Deutsche Reich aus. Hatten Antisemitismus und Fremdenfeindlichkeit bisher latent an den Rändern der deutschen Gesellschaft ihr Gift versprüht, waren sie nun in die Mitte der Gesellschaft hereingebrochen. Berger konnte die Ursache hierfür nicht erkennen. Den Deutschen ging es zehn Jahre nach dem verlorenen Krieg doch wieder gut, der Wohlstand wuchs, Deutschland war nach dem Vertrag von Locarno wieder in die Gemeinschaft der Völker aufgenommen und Mitglied im Völkerbund, niemand musste hungern und es bestand eine gute Aussicht, dass sich Wohlstand und Sicherheit weiter verankerten.

Das Unglück brach am 30. September 1929 über die Welt herein. Der Börsencrash von New York hatte Auswirkungen auf die ganze Welt und die negativen Folgen für die deutsche Wirtschaft waren das Fanal für die faschistische Welle, die über das Land rollte.

Aber selbst zu diesem Zeitpunkt glaubte und hoffte Berger, dass die dunkelsten Wolken vorüberziehen würden. Wieso sollten die Menschen auf ihre Freiheit verzichten, die doch das höchste Gut war? Deutschland hatte die Hyperinflation gemeistert und die Besetzung des Ruhrgebietes durch die Franzosen und Belgier überwunden. Also würde auch eine wirtschaftliche Krise zu bändigen sein. So dachte jedenfalls Hans Berger.

Doch die Arbeitslosigkeit und damit eine unvorstellbare Not wuchsen immer mehr und die Politik agierte hilflos.

Zusammen mit Anna versuchte Berger, die Not zu lindern. Sie organisierten Suppenküchen und stellten Obdachlosen Notunterkünfte zur Verfügung. Doch das war alles nur ein Tropfen auf den heißen Stein.

Politisches Handeln war zunehmend schwierig, das Parlament tat sich schwer und der Präsident versuchte, mit Notstandsverordnungen das Land einigermaßen regierbar zu halten.

Und dennoch – die Kunst erlebte noch einmal einen Höhepunkt, bevor alles in brauner Nacht versank. Vor allem Film und Theater machten auf sich aufmerksam und stemmten sich gegen den drohenden Untergang. Und die Comedian Harmonists brachten Gesang und Humor zu ihrer letzten, großartigen Blüte für lange Zeit.

Hans schöpfte zu Beginn des neuen Jahrzehnts noch einmal Hoffnung, dass sich alles zum Guten wenden könnte. Aber nach der Reichstagswahl im Herbst 1932 kehrten er und Anna deprimiert nach Eberbach zurück.

Dunkle Wolken

Auch im beschaulichen Odenwald war die Stimmung greifbar aufgeheizt. Arbeitslosigkeit griff auch hier um sich und selbst die scheinbar unaufhaltsam wachsende Firma Keller-Stahl hatte mit massiven Umsatzrückgängen zu kämpfen, die zur Entlassung von einem Drittel der Beschäftigten führten. Hans Berger spürte die Not und Armut bei seiner Rückkehr in die Heimat, hatte jedoch kein Rezept, wie er ihr begegnen könnte.

Sein Sohn Friedrich, seit einigen Jahren Mitglied der SA, wusste die Situation für seine Interessen zu nutzen. Er warb massiv für den nationalsozialistischen Schlägertrupp und verbreitete die Ansicht, dass es Deutschland wieder besser gehen würde, sobald nur die Juden aus dem Reich vertrieben wären.

Hans Berger war geschockt. Er wusste zwar, dass sein Sohn Sympathien für diesen Hitler und seine Spießgesellen hegte, hätte es aber nie für möglich gehalten, dass sein Fleisch und Blut die Botschaft und das Gift des Hasses im Neckartal verbreitete. Er hatte die braunen Horden durch Berlin ziehen sehen, wo sie sich mit Kommunisten wahre Straßenschlachten geliefert hatten. Dass sie aber im heimischen Odenwald – ohne dafür belangt zu werden! –

Liberale, Sozialdemokraten, christliche Gruppen und vor allem Juden bedrängen und Gewalt gegenüber deren Einrichtungen ausüben konnten, machte ihn sprachlos.

Der Versuch, mit Friedrich über dessen Ansichten zu sprechen, scheiterte kläglich und Hans musste ernüchtert feststellen, dass die Möglichkeiten seiner Einflussnahme sehr begrenzt waren, dass seine Autorität beschädigt war – es zählte nicht mehr, dass er als General die Russen geschlagen und den Wohlstand in Eberbach vergrößert hatte, für viele galt er nur noch als Liberaler und Freund der Juden – und damit als Staatsfeind.

Hans Berger suchte das Gespräch mit ehemaligen Weggefährten, doch diese zeigten sich entweder resigniert im Angesicht der Krise, die die ganze Welt erfasst zu haben schien, oder sie zeigten mehr oder weniger offen ihre Sympathie für die Nationalsozialisten.

Ende Januar 1933, kurz vor der Ernennung Hitlers zum Reichskanzler, traf er sich mit seinem alten Freund und ehemaligen Klassenkameraden Peter Krüger.

„Ich glaube, dass wir einen Weg aus der wirtschaftlichen Notsituation finden werden", sagte

Berger. „Bislang ist es uns durch Arbeit und vernünftige Strategien noch immer gelungen, zu einer Lösung zu kommen. Erinnere dich doch nur an die Inflation oder die Wirren kurz nach dem Krieg."

„Das ist etwas anderes. Die Börse in Amerika ist zusammengebrochen. Das ist das Großkapital. Und wer steckt dahinter?"

„Menschen wie wir, die ihr Geld angelegt haben?"

„Falsch", entgegnete Krüger. „Das sind die Juden. Die haben bei uns die Geldwirtschaft in Händen und auch in Amerika."

„Das ist doch Unsinn. Im Glauben an ewigen Wohlstand kauften alle Amerikaner Aktien, vom Industriellen bis hin zum einfachen Arbeiter. Aber woher soll denn das Geld kommen? Geld vermehrt sich nur durch Arbeit und nicht durch Spekulation."

„Genau", meinte Krüger. „Und die Juden haben die Menschen dahin gedrängt, ihr Geld in Aktien anzulegen. Die Juden erhielten das Geld und die Kleinanleger die wertlosen Aktien."

„Darf ich dich daran erinnern, dass es kein Jude, sondern der Pfarrerssohn Irving Fisher war, der noch im Oktober 1930 von der ewigen Hochphase der Aktienkurse schwadronierte? Die Juden haben keine Schuld an der Misere. Jedenfalls nicht mehr als andere auch."

Krüger verschränkte die Arme vor der Brust. „Du hast diese Gottesmörder doch schon immer verteidigt. Ich weiß gar nicht, was du an diesen vaterlandslosen Gesellen findest."

Berger schüttelte deprimiert den Kopf. „Zahlreiche Eberbacher Juden haben im Krieg für Deutschland gekämpft, manche sind gefallen und andere haben das Eiserne Kreuz erhalten. Die hiesigen Juden sind genauso Deutsche wie du und ich."

„Juden sind Juden. Wieso wandern so viele nach Palästina aus? Sollen sie doch dort ihren Aberglauben leben. Nicht aber im christlichen Abendland."

„Du solltest dich mal reden hören, mein Lieber. Glaubst du denn selbst, was du da gerade sagst?" Berger legte dem Freund kurz die Hand auf den Arm und sah ihn ernst an.

Krüger zuckte mit den Schultern. „Es ist halt, wie es ist. Schau doch mal, wer in Eberbach in den vergangenen vier Jahrzehnten das Geld gemacht hat."

Berger lächelte gequält. „Die Firma Keller-Stahl, also ich und meine Familie."

„Das ist etwas ganz anderes. Die Juden sind in der Mitte des vergangenen Jahrhunderts hier aufgetaucht und haben das Gewerbe an sich gerissen. Da blieb für die Deutschen fast nichts mehr. Die jüdischen Metzgereien machten sich im Stadtkern breit und für uns Deutsche blieb nichts mehr."

Berger wurde lauter. „Du redest so ein dummes Zeug. Im Judentum gibt es spezielle Speiserituale, das Fleisch muss koscher sein, und so etwas gibt es nicht in herkömmlichen Metzgereien. Im Übrigen haben die Juden die bessere Qualität bei angemessenem Preis."

„Sie haben sich hier breitgemacht. Punktum." Krüger schnaubte. „Es gibt jüdische Warenhäuser, ein jüdisches Möbelhaus, jüdische Ärzte, jüdische Anwälte, diesen Schmierjuden ..."

„Das ist ein Mineralölhändler", unterbrach ihn Berger.

„Einerlei! Und vor allem diese jüdischen Bankiers und die Geldverleiher. Arrogantes Volk."

Berger hieb mit der Faust auf den Tisch. „Du argumentierst wie ein Idiot. In einer Marktwirtschaft gilt Angebot und Nachfrage. Und hier hatten die Juden ein sehr gutes Angebot, entsprechend war und ist die Nachfrage. Und bei den Banken ist es doch genauso. Wieso gingen deine Eberbacher nicht zu dem deutschen Bankhaus, sondern zum Juden?" Er sah seinen alten Freund Krüger herausfordernd an. „Ich kann es dir sagen. Weil die Konditionen besser waren."

Krüger lief rot an. „Die Juden betrügen. Das ist alles, was ich sagen kann."

„Und du redest unvernünftiges, dummes Zeug! Kein Wunder, dass Deutschland den Bach runter geht, wenn die Säulen der Gesellschaft das Denken beendet haben und stattdessen den Unsinn dieser halbgebildeten Nationalsozialisten nachplappern." Erregt zündete Berger eine Zigarette an.

Krüger richtete sich kerzengerade auf. „Ich denke eher, dass du derjenige bist, der dummes Zeug daherredet. Du warst acht Jahre lang als Abgeordneter in Berlin. Deine Partei war all die Jahre an der Regierung beteiligt und dein Parteivorsitzender, Gustav Stresemann, war Reichskanzler und später Außenminister. Wie konnte es denn so weit kommen, dass alles den Bach runter geht, wie du so schön sagtest? Du und deine Freunde haben Deutschland ruiniert. Nun sollen es doch mal die anderen machen."

„Es kann doch nicht dein Ernst sein, dass dieser Kretin Hitler die Regierungsgeschäfte führen soll. Du solltest mal sein Machwerk ‚Mein Kampf' lesen – davon wird einem übel."

Krüger verdrehte die Augen. „Ach, so schlimm wird das schon nicht werden. Das ist doch nur Wahlkampfgetöse. Wenn der Mann regiert, wird sich schon alles fügen. Wenn ich richtig informiert bin, soll es neben ihm nur einen Minister seiner Partei geben. Die anderen elf Minister sind parteilos oder von der DNVP."

Berger griff sich mit beiden Händen in die Haare. „Wie naiv kann man denn nur sein? Die DNVP ist genauso demokratiefeindlich und antisemitisch wie die NSDAP. Da gibt es keinen Unterschied."

Jetzt lachte Krüger. „Jetzt warten wir es mal ab. Noch ist ja Hindenburg der starke Mann und er wird schon dafür sorgen, dass in Deutschland die Ordnung erhalten bleibt. Hindenburg wurde in demokratischer Wahl mit großer Mehrheit wiedergewählt. Er ist die deutsche Autorität."

„Und Hindenburg ist unsterblich. Der Mann ist 85 Jahre alt! Mein lieber Peter, ich bin ein großer Bewunderer Hindenburgs. Und du hast recht, er ist die moralische Instanz Deutschlands und er ist ein Gegengewicht zu Hitler. Doch er wollte keine zweite Amtszeit antreten, nur aus Pflichtgefühl Deutschland gegenüber hat er sich das angetan. Was passiert, wenn er stirbt?"

„Dann wird ein neuer Präsident gewählt", insistierte Krüger.

„Wer sollte das denn sein? Wenn Hindenburg weg ist, dann gibt es nur noch Hitler. Anstatt ihn ins Gefängnis zu sperren, ernennt man ihn zum Kanzler!" Berger drückte seine halb gerauchte Zigarette im Aschenbecher aus.

„Jetzt warte doch mal ab. Ich glaube, Hitler hält als Reichskanzler gerade mal so lange durch wie Papen und Schleicher. Aber vielleicht gelingt ihm wirklich die Rettung Deutschlands. Ein Versuch kann ja nicht schaden."

„Ich fürchte, die deutsche Rettung wird zum Selbstmord."

Die beiden wechselten schließlich das Thema, trennten sich aber bald. Scheinbar einfache Antworten zu komplexen Themen waren das, was die Menschen hören und glauben wollten. Hans Berger hatte sich noch nie so geschämt, Deutscher zu sein, wie an diesem Abend.

Am Abgrund

In der Folgezeit wurde alles noch schlimmer: Der Reichstag brannte am 27. Februar 1933 und das kam der NSDAP im Wahlkampf – denn am 5. März wurde erneut ein neuer Reichstag gewählt – sehr entgegen. Unabhängig von der wahren Urheberschaft, die nie geklärt werden konnte, zeigten sich die Nationalsozialisten überzeugt, dass die KPD den Brand gelegt habe. Und Hitler bellte ins Mikrofon: „Es gibt jetzt kein Erbarmen; wer sich uns in den Weg stellt, wird niedergemacht. Das deutsche Volk wird für Milde kein Verständnis haben. Jeder kommunistische Funktionär wird erschossen, wo er angetroffen wird. Die kommunistischen Abgeordneten müssen noch in dieser Nacht aufgehängt werden. Alles ist festzusetzen, was mit den Kommunisten im Bunde steht. Auch gegen Sozialdemokraten und Reichsbanner gibt es jetzt keine Schonung mehr."

Von nun an wurden alle verfolgt, die in irgendeiner Weise verdächtig waren, linke oder liberale Ideen zu unterstützen. Konkreter Beweise bedurfte es nicht. Büros der KPD mussten schließen und die Zeitungen der Linksparteien waren von einem Tag auf den anderen verboten. Hitler beschwor die nationale Auferstehung und beschuldigte die bisherigen Regierungsparteien, für die Nöte der deutschen Bevölkerung verantwortlich zu sein. Doch all das reichte nicht, der NSDAP am 5. März die absolute Mehrheit zu beschaffen. Also annullierten die Nationalsozialisten die Mandate der KPD und verfolgten und verhafteten 26 sozialdemokratische Abgeordnete, andere tauchten unter. Am 23. März beschloss der Reichstag mit knapper Zweidrittelmehrheit gegen die Stimmen der SPD das Ermächtigungsgesetz, das den Reichstag entmachtete. Zentrum und Bayerische Volkspartei stimmten zu, da Hitler zusicherte, dass die Verfassungsorgane der Länder, die Richter und auch die Stellung des Reichspräsidenten unbehelligt bleiben sollten.

Doch es kam noch schlimmer: Zensur, Willkür und staatliche Repression legten sich nun bleiern über das Land. Das erste Konzentrationslager wurde eröffnet, Juden und jüdischstämmige Staatsbeamte wurden entlassen, Gewerkschaften verboten und im Sommer auch alle Parteien, bis auf die NSDAP. Am 1. Dezember schließlich verkündeten die nun Regierenden die Einheit von Staat und Partei.

Die Liste der unheilvollen Ereignisse setzte sich immer weiter fort und die Menschen, die dieser Entwicklung kritisch gegenüberstanden, hatten Verfolgung und Gefängnis zu befürchten. Am schlimmsten erging es der jüdischen Bevölkerung, die Unsägliches erdulden musste.

Auch in Eberbach breitete sich der Schrecken aus, nicht mehr schleichend wie in den vergangenen Jahren, sondern wie ein Orkan, der durch die Landschaft pflügt und alles hinwegreißt, was ihm im Wege steht. Viele Eberbacher ließen sich zwar nichts anmerken und gingen ihre gewohnten, ausgetretenen Wege, doch wer mit offenen Augen die Stadt durchquerte, konnte ohne Mühe feststellen, dass eine andere, eine dunkle, eine freudlose Zeit angebrochen war. Überall hingen die gespenstischen Flaggen, uniformierte Männer dominierten das Stadtbild und eine eigenartige Stimmung lag über der Stadt. Ein Gefühl von Aufbruch war zu spüren und dennoch eine gespenstische Stille, eine Lähmung und Bitterkeit, die bei all dem inszenierten, großspurigen Frohsinn schon fast sichtbar über den Dächern hing.

Doch was in Hans Berger den größten Kummer hervorrief, waren die geschlossenen jüdischen Geschäfte in seiner Heimatstadt.

Von der um die Jahrhundertwende veritablen jüdischen Gemeinde waren nur noch wenige Juden in der kleinen Stadt geblieben: 1933 waren es noch 39 jüdische Bürger. Etliche davon wanderten in der Folgezeit nach Amerika aus. Vorausgegangen waren Entrechtung und Repressalien. Außerdem wurde der KPD-Funktionär Simon Leibowitsch verhaftet. Er starb im Konzentrationslager Heuberg am 9. September 1933 durch Misshandlung.

In der Hoffnung, alle Aufregung würde sich irgendwann legen, richteten die jüdischen wie auch christlichen Eberbacher ihre Blicke in die Zukunft, und selbst Hans Berger gab sich der Illusion hin, dass alles bald wieder in geregelte Bahnen zurückfinden würde. Viele Menschen fanden Arbeit in Projekten, die von der neuen Regierung angestoßen wurden, etliche arbeiteten beim Straßen- und Autobahnbau, etliche beim Bau der Thingstätte in Heidelberg, die jungen Männer des Reichsarbeitsdiensts halfen bei Bau- und Erntearbeiten. Die Wirtschaftskrise war überwunden und allmählich arrangierten sich die den Nationalsozialisten bislang skeptisch gegenüberstehenden Menschen mit dem Status Quo.

Hans Berger hatte wieder sein Büro in der Firma bezogen, nachdem Friedrich, schon seit 1928 SS-Mitglied, im Herbst 1936 als Offizier eine leitende Funktion bei der SS-Verfügungstruppe eingenommen hatte. Die Verbindung seines Sohnes zu den Nationalsozialisten war Hans ein ewig schmerzender Stachel im Herzen, doch dessen Wechsel zur SS-Junkerschule Bad Tölz – Frau und Sohn hatte er in Eberbach zurückgelassen – verschaffte ihm auch wieder einen gewissen Freiraum bei der Arbeit. Berger hoffte, das Betriebsklima wieder etwas freiheitlicher gestalten zu können. Und dass sein Enkel Karl nun nicht mehr dem direkten Einfluss seines Vaters ausgesetzt war, stimmte Hans Berger glücklich. Wenn er schon bei der Erziehung Friedrichs versagt hatte, wollte er doch wenigstens, dass Karl auf den rechten Weg geführt wurde.

Anna hatte sich ebenfalls mit den Umständen arrangiert und leitete, gegen den Widerstand mancher örtlicher Parteibonzen, das Sägewerk. Friedrich hatte dagegen nichts einzuwenden, und das gab schließlich den Ausschlag.

Die Sonne ging auf über der kleinen Stadt im Talkessel, umringt von waldreichen Hügeln. Die Sonne ging unter, der Necker floss unaufhaltsam nach Westen, dem Rhein entgegen. Das Gras wurde grün, die Bäume blühten, die Ernte reifte auf den Feldern, wurde eingebracht, und nachdem das Laub gefallen war, bedeckte der Schnee das Land, das seine Ruhe fand, bevor der neue Reigen begann.

Doch im November 1938, in den frühen Morgenstunden des 10. November endete alles, was jemals in Eberbach friedlich gewesen war. Die Ortsgruppe 12/32 der SS brannte die Synagoge nieder, vorher demolierten die in Zivil auftretenden SS-Männer die Inneneinrichtung, die Polizei brachte Schriften und Torarollen ins Rathaus. Die Feuerwehr sicherte die angrenzenden Gebäude. Innerhalb von zweieinhalb Stunden brannte die Synagoge bis auf die Umfassungsmauern nieder. Die Stadt Eberbach stellte der jüdischen Gemeinde die Forderung für Aufräumarbeiten in Höhe von 1576,70

Reichsmark und übernahm als Gegenrechnung das Synagogengrundstück für 576 Reichsmark.

Doch das war noch nicht alles. Die Schaufenster der jüdischen Geschäfte wurden eingeschlagen (Levy & Wolf in der Oberen Badstraße 14, Eisenwarengeschäft Alfred Freudenberger Hauptstraße 15 und Gemischtwarenhandel Adolf David in der Kellereistraße 9). Zudem wurden sechs Männer in das KZ Dachau eingeliefert. Am 22. September 1940 schließlich deportierten die Nationalsozialisten 17 jüdische Bürger in das südfranzösische Konzentrationslager Gurs. Lediglich zwei jüdische Frauen, die mit christlichen Männern, also in sogenannter Mischehe verheiratet waren, überlebten den Krieg.

Hans Berger erlebte das Ende der jüdischen Gemeinde in Eberbach nicht mehr mit. Zusammen mit seiner Tochter Anna reiste er zunächst, offiziell in geschäftlicher Mission, nach Zürich. Von dort aus, genauer genommen vom Flugplatz Dübendorf, flogen die beiden in einer DC 3 nach London. Dort verlor sich ihre Spur.

Flucht

Hans Berger und seine Tochter waren wie vom Erdboden verschluckt. In Eberbach wurde – hinter vorgehaltener Hand – gemutmaßt, dass die beiden von der Gestapo oder gar der SS verhaftet worden waren. In der Firma wusste niemand von ihrem Verbleib. Auch der Geschäftsführer von Keller-Stahl, Leopold Retzlaff, konnte keine Auskunft geben, Bergers Schwiegertochter hatte ebenfalls keine Ahnung und selbst sein langjähriger Kammerdiener wusste nichts.

Die Vermutung, er habe sich nach Berlin in seine Villa im Grunewald zurückgezogen, bestätigte sich ebenfalls nicht. Das Dienstmädchen, das dort die Stellung hielt und dafür sorgte, dass ein allfälliger Besuch aus Eberbach sich wohlfühlte, sagte am Telefon, dass sie den Herrn Berger schon seit dem Sommer nicht mehr gesehen hätte.

Seiner Schwiegertochter Marie gelang es mit Hilfe eines Privatermittlers, die Spur bis nach London zu verfolgen. Allerdings konnte in England niemand bestätigen, dass er und Anna tatsächlich angekommen wären. Und so verlief auch diese Spur im Sande.

Manche machten sich Sorgen, vor allem diejenigen, die ihm und Anna verbunden waren, anderen war das mysteriöse Verschwinden gleichgültig und wieder andere freuten sich insgeheim oder sogar offen, dass dieser Judenfreund das Feld geräumt hatte. Selbst bei der allwissenden Partei gab man sich überfragt und nicht einmal Friedrich Berger wusste etwas von einer Verhaftung seines Vaters.

Die Bergers waren weg und nach und nach verschwanden sie, wie so viele andere auch, aus dem öffentlichen Gedächtnis. Und selbst als Hans Berger im Juli 1945 genauso unverhofft wieder scheinbar aus dem Nichts auftauchte, gab er nicht preis, wo er sich in den Jahren des Krieges aufgehalten hatte. Anna blieb verschwunden, doch Hans sagte niemandem, was mit ihm und seiner Tochter zwischen 1938 und 1945 geschehen war. Und so blieb es ein großes Geheimnis, über welches jahrelang gerätselt wurde, ohne dass es je gelöst wurde.

Tatsächlich kamen Hans und Anna Berger gut in London an, wo sie sich mit einem alten Freund trafen, John McGhee, den er schon seit den 1890er Jahren kannte. Bei ihm konnten die beiden fürs Erste unterkommen. Ihr Ziel allerdings war Palästina, das seit 1920 unter britischer Mandatsherrschaft stand, nachdem die Briten unter General Edward Allenby die osmanisch-deutsch-österreichisch-ungarischen Truppen besiegt hatten. In den vergangenen Jahren hatte sich Palästina vor allem durch die Verfolgung der europäischen Juden zum Fluchtpunkt entwickelt, und es emigrierten in den 30er Jahren deutlich mehr Menschen ins gelobte Land als in der gesamten Zeit der zionistischen Bewegung seit 1880.

Berger hatte sich die Flucht aus Deutschland genau überlegt. Er wusste, dass er dort nichts mehr tun konnte und zunehmend der ständigen Gefahr ausgesetzt war, durch die Nationalsozialisten verhaftet oder gar ermordet zu werden. Denn sein Status als Sohn des „Helden von Sedan" war schon lange vergessen und seine eigenen, im Krieg errungenen Meriten als erfolgreicher General, der die Russen aus Deutschland vertrieben und bis weit ins russische Landesinnere verfolgt hatte, waren angesichts seiner langjährigen Unterstützung der jüdischen Gemeinde in Eberbach in den Augen der braunen Horden irrelevant geworden. Dennoch hatte er starke Gewissensbisse, die Heimat und die Menschen zurückzulassen. Vielleicht hätte er doch etwas tun können, vielleicht wäre es ihm gelungen, trotz aller Widerstände seinen Einfluss geltend zu machen, vielleicht hätte er in der Firma die Verantwortung weiter tragen und sie nicht einem ungewissen Schicksal überlassen sollen, vielleicht hätte sich doch noch alles zum Besseren gewendet, vielleicht. Und vielleicht sollte er doch wieder in den Odenwald zurückkehren. Aber so einfach würde er Deutschland nicht noch einmal verlassen können, die Grenzen wurden zunehmend undurchlässig, und nach diesem heimlichen Ausbruch aus der Heimat würde ihm sicherlich der Pass eingezogen werden, sollte er sich nochmals auf heimischen Boden begeben.

Doch all die schlaflosen Nächte nutzten weder ihm noch sonst irgendwem und Anna bestärkte ihn dabei, seinen Plan umzusetzen.

In London angekommen genossen sie die Freiheit der offenen Gesellschaft, besuchten Theater, die Oper und sogar ein Fußballspiel. Kurze Zeit spielte er mit dem Gedanken, in England zu bleiben, aber das wäre ihm zu einfach gewesen. Er hatte einen Plan und diesen wollte er verwirklichen.

Anfang Februar 1939 saßen Anna und Hans in einem Flugzeug nach Kairo. Hans war angespannt. Er wusste nicht, ob die Reise sicher war, denn das Flugzeug musste in Budapest und in Istanbul zum Tanken zwischenlanden. Vielleicht wäre die Reise mit dem Schiff doch besser gewesen? Doch da die Passagiere während des Tankvorgangs im Flieger sitzenblieben, waren eigentlich keine Kontrollen zu befürchten. Und wenn schon! Ungarn war zwar mit Deutschland verbündet, aber sicherlich wurde nicht nach ihm gefahndet.

Außerdem hatte er sich von McGhee britische Pässe besorgen lassen. Die beiden reisten als Robert und Rachel Hamilton aus Inverness. Sein Englisch war gut genug, um bei Mittel- und Osteuropäern als Schotte durchzugehen. Und

Anna sprach fließend und nahezu akzentfrei Englisch – dank ihrer Berliner Schule und ihrer englischen Freunde.

Doch Hans hätte sich keine Gedanken machen müssen. Das Flugzeug überquerte die Alpen, das Mittelmeer, schwebte im Sinkflug über die nordafrikanische Küste und landete sicher im ägyptischen Königreich, das formal zwar seit 1922 von England unabhängig war, in dem jedoch die Briten weiterhin ihren Einfluss geltend machten und noch genügend Militär dort stationiert hatten, um vor allem den Suezkanal zu sichern.

Die Bergers tauchten in eine ganz neue Welt ein, blauer Himmel, große Hitze bei gleichzeitig trockener Luft, die über dem gelblichen Sand flimmerte. Palmen, wie sie sie nur aus botanischen Gärten und Büchern kannten, standen vereinzelt in der staubigen Landschaft, und die Städte und Dörfer waren den beiden gänzlich fremd.

Im Nachtzug mit Speisewagen ging es dann weiter. Die Palestine Railway verkehrte auf der Sinai-Strecke von Kairo über El Qantara bis nach Haifa, beziehungsweise Jerusalem. Und dort lag das Ziel der beiden. John McGhee hatte ihnen ein Appartement im King David Hotel gebucht, im obersten Stock mit Blick auf die Altstadt und die kalkgrauen Hügel am Horizont.

Palästina

Es war gar nicht so schwer, sie zu finden, wie er ursprünglich gefürchtet hatte. Wäre sie, wie es für die allermeisten Frauen üblich gewesen war, zu Hause geblieben und hätte sich um Kinder und Küche gekümmert, wäre es wohl ein nahezu sinnloses Unterfangen gewesen, sie zu suchen. Doch sie war keine gewöhnliche Frau, weder damals in Eberbach noch heute. Anna Salomons Anliegen war, für Juden einen jüdischen Staat zu gründen. Und dieses Ziel verfolgte sie mit eiserner Zielstrebigkeit seit den 1890er Jahren. Nach der Gründung der Jewish Agency for Israel im Jahre 1929 setzte sie sich an verantwortlicher Position dafür ein, dass Juden aus aller Welt in Palästina eingebürgert werden konnten.

Dieses Unterfangen war allerdings gar nicht so einfach, denn nachdem jüdisches Leben im Palästina der osmanischen Zeit recht unkompliziert gewesen war, sorgten die Engländer und eine verworrene Politik nun dafür, dass es ab den 20er Jahren für Juden zunehmend schwieriger wurde, ins gelobte Land zu kommen. 1917 erklärten sich die Briten in der Balfour-Deklaration damit einverstanden, in Palästina eine Heimstätte des jüdischen Volkes zu errichten. Dagegen wehrten sich jedoch arabische Bewohner des Landstrichs mit Angriffen auf

Juden und Anschlägen auf jüdische Siedlungen. Durch die Teilung Palästinas in einen östlichen, arabischen Staat – Transjordanien, das spätere Jordanien – und Cisjordanien westlich des Jordans versuchte man, die Lage zu entspannen, doch die arabische Bevölkerung im Westteil wollte einen jüdischen Staat nicht akzeptieren. Und die Engländer versuchten mit restriktiven Maßnahmen zu verhindern, dass die jüdische Bevölkerung dort weiter anwuchs. Der zunehmende Antisemitismus in Europa ließ den Einwanderungsdruck nochmals deutlich ansteigen, und mit der Gründung der Einwandererbehörde, eben der Jewish Agency for Israel, wurde die Einwanderung forciert.

Dass Anna Salomon nie geheiratet hatte, machte die Suche für Berger viel einfacher, und seine guten Verbindungen zu John McGhee, der wiederum die besten Beziehungen zum britischen Hochkommissariat unterhielt, halfen ungemein. So war es ein Leichtes, die Frau ausfindig zu machen, die sein Leben so sehr geprägt hatte.

Sie hatten sich im Garten eines Cafés in Rehavia verabredet, unweit des Sitzes der Jewish Agency, unter grünen Dattelpalmen, und er erkannte sie sofort, obwohl ihre Haare eisgrau geworden waren und zahlreiche Falten ihr Gesicht durchfurchten. Doch die Augen versprühten den gleichen Glanz wie vor fünfzig

Jahren. Und das Lächeln um ihren Mund, als sie ihn erblickte, den gleichen Charme wie damals.

„Lange nicht gesehen", sagte sie lapidar und umarmte ihn.

„Es tut mir leid, ich habe mich etwas verspätet." Er löste sich von ihr, blickte ihr in die Augen und antwortete: „Schön, dich zu sehen."

Kurze Zeit später saßen sie bei einer Tasse Kaffee und mit Mohn gefüllten Hamantaschen. Lange Zeit sahen sie einander nur schweigend an, als ob das gesprochene Wort die wiedergefundene Zweisamkeit stören könnte. Doch das Feuer in ihrer beider Herzen, das nie ganz erloschen war, loderte bald in hellen Flammen wieder auf. Hans Berger spürte, wie sich der Knoten, der sich seit jenem Sonntagnachmittag in Eberbach um sein Herz gewickelt und einen Teil seines Selbst gelähmt hatte, langsam löste. Und er fühlte sich endlich frei.

„Wieso hast du nicht geheiratet?", fragte er nach einer Weile.

„Ich habe auf dich gewartet", antwortete sie, ohne zu zögern, und er konnte seine Tränen nicht länger zurückhalten.

Tatsächlich hatte sie keinerlei Ambitionen gehabt, einen Mann zu ehelichen, dem sie sich nicht vollständig zugewandt fühlte. Es machten ihr zwar jede Menge Männer den Hof, ein Mann wie Hans war ihr aber nie wieder begegnet. Und so ließ sie sich niemals auf eine ernsthafte Beziehung ein, sondern stürzte sie sich in Arbeit und war glücklich mit dem, was sie in diesem herrlichen Land erreichte. Trotz aller Rück- und Fehlschläge genoss sie ihr neues Leben, und die vielen Erfolge und das Aufblühen des Landes zwischen Mittelmeer und Wüstengebirge ließen sie ihre Entscheidung nie bereuen.

Hans Berger zog zu Anna in ihre komfortable Jugendstilvilla in der Jerusalemer Neustadt. Er kam recht schnell in der ungewohnten Umgebung zurecht und fragte sich mehr als einmal, warum er damals Anna nicht begleitet hatte. Viele Menschen in Jerusalem sprachen deutsch, viele englisch und in manchen Fällen half es, dass er sein Französisch hervorkramte.

Das Leben mit Anna war viel einfacher, als er sich das hätte vorstellen können. Vielleicht lag es auch daran, dass sie ihre Beziehung wie ein Geschenk des Himmels wiedergefunden hatten, und in unendlicher Dankbarkeit knüpften sie dort an, wo sie an jenem Tag geendet hatten. Denn ihre Herzen waren all die Zeit in Verbindung gestanden.

Mit der Zeit knüpfte er auch in seinem Exil vielfältige Beziehungen und nach dem Beginn des Krieges nutzte er seine Erfahrung und sein verbliebenes Renommee, um bei den Briten die im Weißbuch von 1939 verschärften Einreisebedingungen zu lockern. Und seine militärische

Erfahrung, die er bisweilen am liebsten ungeschehen gemacht oder vergessen hätte, konnte er jetzt an die jungen Männer der Hagana weitergeben.

Seine Tochter Anna fand schnell Aufnahme in einem Kibbuz. Sie nahm ihm die Beziehung zu seiner alten Liebe nicht übel und sah darin auch keinen Verrat an ihrer Mutter. Die war tot und Anna war sich sicher, lebte sie noch, wäre ihr Vater niemals nach Palästina geflohen, sondern vermutlich in England geblieben. Dass sie den Namen Anna trug, sah sie ihrem Vater ebenfalls nach, zeugte es doch nur von dessen Treue und Zuverlässigkeit.

In ihrem Kibbuz lernte sie Moshe Avram, einen jungen Mann kennen, der neben der Arbeit im Zitronenhain Jugendliche militärisch trainierte. Avram war Mitglied des Palmach, einer von der Hagana gegründeten paramilitärischen Einrichtung.

An einem wunderschönen Apriltag des Jahres 1943 kam sie zu ihrem Vater nach Jerusalem und bat ganz förmlich um ein Gespräch, was noch nie ihre Art gewesen war.

Der Vater lächelte sie an. „Anna, wenn du Moshe heiraten willst, dann tue das."

Zweifel malte sich auf ihrem Gesicht: „Du weißt schon, was das heißt?"

„Ja, das weiß ich. Und ich weiß aber auch, was es heißt, nicht zu heiraten, wenn man es tun sollte."

„Ich bin mir unsicher", stellte sie irritiert fest. „Ich kann doch nicht meinen Glauben aufgeben."

Hans sah ihr tief in die Augen und nahm ihre Hände. „Du gibst deinen Glauben nicht auf. Der Gott der Juden ist auch unser Gott. Durch den Tod Christi am Kreuz bist du erlöst. Und wenn du zur Jüdin wirst, ändert das nichts an deiner Beziehung zu Gott. Es ist das Mindeste, das du als Deutsche tun kannst. Unser Volk bringt die Juden zu Hunderttausenden um. Das ist eine Schuld, die niemals von uns genommen werden kann. Wenn du Jüdin wirst und jüdischen Kindern das Leben schenkst, so Gott will, ist das kein Verrat an ihm, sondern nur der Beweis deiner Liebe zu seinem Volk."

Anna sah ihn glücklich an. „Ich hatte Bedenken, dass du das anders siehst."

„Wieso denn", fragte ihr Vater verwundert.

„Na ja, du hast Anna doch auch nicht geheiratet."

Er lächelte wieder. „Ich hatte einfach nicht den Mut, den du hast. Aber du kannst es ja auch so sehen: Dadurch, dass ich deine Mutter heiratete und du geboren bist, kannst du mein Versäumnis nachholen. Denn für gemeinsame Kinder sind Anna und ich nun doch etwas zu alt. Und ich möchte Gott auch nicht bitten, uns auf dem Pfad von Abraham und Sahra zu führen. Das wäre doch etwas vermessen."

Jetzt lächelte Anna.

„Habt ihr die Hochzeit schon geplant?"

Anna schlug die Augen nieder. „Ja. In einem Monat."

„Ich kenne dich doch."

„Und beim Rabbi war ich auch schon. Aber bevor die Konversion endgültig vollzogen wird, wollte ich dir davon erzählen und dich nicht vor vollendete Tatsachen stellen."

Die Hochzeit war einer der bewegendsten Momente in Hans' Leben. Ein Baldachin aus Samt und Seide, an vier Stangen gehalten, Anna und Moshe, die Segensworte, der Ringwechsel und Moshes Worte: „Durch diesen Ring bist du mir angelobt nach dem Gesetz Moses und Israels."

Der Rabbi verlas die Ketuba, beide unterschrieben die Urkunde, ein Schluck Wein und Moshe zerbrach das Glas mit seinem Fuß.

Masel tov!

Hans dachte daran, dass er mit seiner Anna an dieser Stelle hätte stehen können ... doch dann hätte es diese Anna niemals gegeben ... und er schob diese Gedanken ein letztes Mal beiseite und gestattete ihnen nie wieder, zurückzukehren. Alles war gut!

Nein, es war nicht alles gut, im Gegenteil, die Welt, die Zivilisation lag mit sich selbst im Krieg, zerbrach gerade und niemand wusste, wie alles enden würde. Doch wie hatte Martin Luther einst gesagt? „Wenn ich wüsste, dass morgen die Welt unterginge, würde ich heute ein Apfelbäumchen pflanzen", soll der Reformator geäußert haben. Und gerade wurde ein Apfelbäumchen gepflanzt.

Es war eine gute Zeit, trotz des Krieges, der in der halben Welt tobte, trotz der Gräuel, die sich niemand so richtig vorstellen konnte, die sich aber mehr und mehr bestätigten. Eins ums andere Mal wurde die britische Blockade durchbrochen und tausende jüdischer Emigranten aus aller Herren Länder kamen nach Israel. Hans schätzte das mediterrane Klima und das gute Essen und ihm war, als hätte er sein ganzes Leben mit Anna zusammengelebt. Er wäre gerne für immer in Israel geblieben, sah er doch auch, wie sein Enkel David geboren und Anna abermals schwanger wurde. Doch der Krieg in Europa war zu Ende, Deutschland geschlagen, zerstört, seine Städte verwüstet, unzählige Menschen heimatlos geworden, aber auch dieser grässlichen Partei entledigt, der es binnen weniger Jahre gelungen war, jahrhundertelang gewachsene Strukturen für immer zu vernichten. Friedrich war in den letzten Kriegstagen in Berlin gefallen – ein erneuter harter Verlust für Hans Berger, der den Schmerz und Kummer schwer trug, auch deshalb, weil Friedrich so viel Leid über Menschen gebracht hatte und er sich dafür mitverantwortlich fühlte. Und von Keller-Stahl waren nur Ruinen übrig geblieben.

„Ich muss zurück nach Deutschland", sagte er eines Morgens zu Anna, die über diese Aussage wenig verwundert schien.

„Ich weiß. Du hast dort eine Firma, die wieder in Gang gebracht werden muss. Du bist dein ganzes Leben vor der Verantwortung davongelaufen, jetzt ist es an der Zeit, sie wahrzunehmen. Ich wusste schon damals, als du hierher gekommen bist, dass du eines Tages wieder gehen musst."

Er war nahezu sprachlos, doch nach wenigen Augenblicken intimen Schweigens sagte er: „Ja, ich will nach der Firma schauen, nach den Menschen in Eberbach, nach meiner Familie und vor allem nach meinem Enkel Karl. Aber du kannst sicher sein, ich kehre wieder hierher zurück. Denn ich gehöre zu dir und solange ich lebe, werde ich immer wieder zu dir zurückkehren. Ich weiß und verstehe, dass du nicht wieder nach Deutschland gehen kannst und willst. Zu viel ist dort vorgefallen, zu viele schreckliche Dinge, die ich gar nicht glauben kann, die aber dennoch wahr sind. Du hattest recht, damals vor fast einem ganzen Leben: Die Juden brauchen ihr Heimatland. Und du baust es hier mit auf. Ich habe mein Heimatland verloren, aber für eine neue Generation junger Deutscher, die keine Verantwortung für die Gräuel ihrer Väter tragen, ist es wichtig, dass ein neues Deutschland aufgebaut wird. Ja, ich will meiner Verantwortung gerecht werden. Aber sei gewiss, zum Purim-Fest bin ich wieder da."

Heimkehr

Er reiste mit seinem britischen Pass. John McGhee hatte dafür gesorgt, dass er nun einen auf seinen Namen ausgestellten Ausweis bekam. Und dieses Dokument öffnete ihm Türen, die sonst verschlossen geblieben wären. Zwar standen der Odenwald und Eberbach unter amerikanischer Besatzung, doch die britischen Papiere wirkten auch hier Wunder.

Als ein Wunder wurde Bergers Heimkehr nach Eberbach angesehen. Die meisten hatten ihn für tot gehalten. Dass er tatsächlich wieder in seine Heimat kommen und sich gleich auch der Firma widmen würde, hätte niemand geglaubt. So gab es zwar viel Gerede, wo er denn gewesen sei, doch die Menschen hatten genug Sorgen und Probleme mit sich selbst, als über den Aufenthaltsort eines alten Mannes nachzudenken.

Die größte Überraschung für Hans Berger war die Freude seines Enkels Karl über seine Rückkehr. Dank seines Vaters hatte Karl bis zum Schluss aus den Kriegshandlungen herausgehalten werden können, als zukünftiger Betriebsleiter von Keller-Stahl sollte er auf diesem Weg Führer, Volk und Vaterland dienen. Von dem Werk war jedoch nach den verheerenden Bombenangriffen im Herbst 1944 nicht mehr viel übrig geblieben. Lediglich das alte Sägewerk war noch einigermaßen funktionstüchtig. Allerdings gab es niemanden mehr, der Holz im Wald schlug, und so gab es auch hier nicht viel zu tun.

Nachdem die Amerikaner im Frühjahr den Odenwald besetzt hatten, wurde alles Wertvolle aus Betrieb und Familiensitz abtransportiert und das Fabrikgelände gesperrt. Hans gelang es Anfang August, diese Sperrung aufzuheben, im Oktober wurde im Sägewerk das erste Holz geschnitten und im Dezember war das alte Hammerwerk wieder gangbar gemacht – wenn es auch so gut wie keine Waren gab, die zu bearbeiten waren.

Doch so gut es Berger gelang, wieder Ordnung zu schaffen, wieder Menschen Arbeit zu geben und Familien zu ernähren, so sehr war er erschüttert über das, was sich in den vergangenen sieben Jahren ereignet hatte. Das alte Leben war ausradiert, vor allem das jüdische Leben, das so hoffnungsfroh in die Gesellschaft integriert war. Ausradiert, als hätte es ein solches niemals gegeben. Hans spürte, dass dieses Land niemals mehr das seine werden könnte. Doch er hoffte, dass Karl sein Vermächtnis in die deutsche Zukunft tragen würde.

Die Not war riesengroß in der Nachkriegszeit und der erste Winter war bitterkalt, die Menschen hatten weder Nahrung noch Heizstoffe.

Und große Mengen Holz aus den Wäldern wurden zwar gefällt, doch sie wanderten nicht in die Öfen der Menschen, sondern wurden in die siegreichen Staaten geliefert. Hans versuchte, diesen Holzabfluss zu unterlaufen und es gelang ihm tatsächlich, einiges an Brennmaterial über Umwege der einheimischen Bevölkerung zukommen zu lassen.

Doch nach dem ersten Winter, dem ersten Weihnachtsfest mit der Familie – dem Teil der Familie, den er in den letzten Jahren so vernachlässigt hatte – wollte er sein Versprechen wahrmachen und den anderen Teil seiner Familie besuchen.

Und so pendelte er in den nächsten Jahren regelmäßig zwischen Jerusalem und Eberbach. Er sah, wie die Firma wieder wuchs und aus Keller-Stahl die Karl Berger GmbH wurde. Und er sah, wie der Staat Israel gegründet, der Unabhängigkeitskrieg gewonnen und Israel zu einer wirklichen Heimstatt der Juden wurde.

Mit der Zeit wurde es ihm möglich, regelmäßig seinen Aufenthaltsort zu wechseln: Er lebte für einige Wochen mit Anna und seiner Tochter Anna und deren Familie in Israel, und dann wieder für ein paar Wochen mit seinem Enkel Karl und dessen Frau Lilian in Deutschland.

Für die Menschen in Deutschland blieb es noch immer ein Geheimnis, wohin er denn entschwand. Lediglich Karl und Lilian wussten Bescheid.

Anmerkungen des Verfassers

Die Geschichte des Hans Berger habe ich bereits vor 30 Jahren in Grundzügen entwickelt, doch erst in diesem Herbst, im Zeitraum zwischen 24. Oktober und dem 26. November 2016, habe ich die Zeilen zu Papier gebracht. Die Figur Hans Berger ist frei erfunden und entspringt alleine meiner Fantasie.

Allerdings entspricht das Umfeld, in dem sich Berger bewegt, weitgehend der Realität, und die geschichtlichen Ereignisse haben, nach historischen Quellen, genauso stattgefunden...

Das Titelbild stammt aus Privatbesitz und zeigt meinen Großvater Karl Göhrig (ganz rechts) mit Arbeitskollegen in einer Eberbacher Fabrik (eventuell Odin) in den 1920er Jahren.

Ein besonderer Dank gilt dem Stadtarchiv Eberbach und seinem Leiter, Dr. Rüdiger Lenz, für die kostenlose Bereitstellung der beiden anderen Bilder.

[i] Die Quellen zum jüdischen Leben in Eberbach und zur Eberbacher Synagoge habe ich der Seite www.alemannia-judaica.de entnommen und daraus auch zitiert.

Stadtarchiv Eberbach:
Synagoge Eberbach FS 2887 um 1920

Zeitfracht Medien GmbH
Ferdinand-Jühlke-Straße 7
99095 Erfurt, Deutschland
produktsicherheit@kolibri360.de